落日悲歌

亚尔斯兰战记

③

〔日〕**田中芳树** 著

杨雅雯 译

人民文学出版社
PEOPLE'S LITERATURE PUBLISHING HOUSE

著作权合同登记号：01-2019-0636

图书在版编目（CIP）数据

亚尔斯兰战记.3 /（日）田中芳树著；杨雅雯译
. —— 北京：人民文学出版社，2021
ISBN 978-7-02-015004-5

Ⅰ.①亚… Ⅱ.①田… ②杨… Ⅲ.①长篇小说－日
本－现代 Ⅳ.①I313.45

中国版本图书馆CIP数据核字(2019)第019416号

责任编辑　卜艳冰　　李　殷
装帧设计　汪佳诗

出版发行　人民文学出版社
社　　址　北京市朝内大街166号
邮政编码　100705
网　　址　http://www.rw-cn.com

印　　制　山东新华印务有限公司
经　　销　全国新华书店等

字　　数　80千字
开　　本　880毫米×1230毫米　1/32
印　　张　6.25
版　　次　2021年4月北京第1版
印　　次　2021年4月第1次印刷

书　　号　978-7-02-015004-5
定　　价　39.00元

主要登场人物

亚尔斯兰……帕尔斯王国第十八代国王安德拉寇拉斯三世之子

安德拉寇拉斯三世……帕尔斯国王

泰巴美奈……安德拉寇拉斯三世之妻、亚尔斯兰之母

达龙……追随亚尔斯兰的万骑长。人称"战士之中的战士"

那尔撒斯……追随亚尔斯兰的前戴拉姆领主，未来的宫廷画家

奇夫……追随亚尔斯兰，自称"旅行乐师"

法兰吉丝……追随亚尔斯兰的女神官

耶拉姆……那尔撒斯的侍童

伊诺肯迪斯七世……入侵帕尔斯的鲁西达尼亚王国国王

吉斯卡尔……鲁西达尼亚国王之弟

波坦……效忠于鲁西达尼亚国王的依亚尔达波特教大主教

席尔梅斯……戴银面具的男子。帕尔斯第十七代国王欧斯洛耶斯五世
之子。安德拉寇拉斯三世之侄

身穿深灰色衣服的魔道士……?

撒哈克……蛇王

巴夫曼……帕尔斯的万骑长，最年长的老将军

奇斯瓦特……帕尔斯的万骑长，别名"双刃将军"

卡里卡拉二世……辛德拉国国王

卡迪威……卡里卡拉之子，生母为贵族出身

拉杰特拉……卡里卡拉之子，生母为女奴隶

马赫德拉……辛德拉国的世袭宰相

告死天使……奇斯瓦特所养的老鹰

亚尔佛莉德……轴德族族长之女

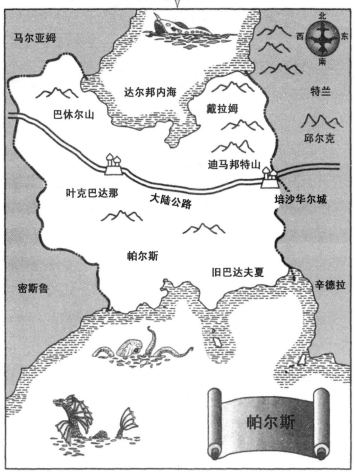

马尔亚姆

达尔邦内海

巴休尔山

戴拉姆

特兰

邱尔克

迪马邦特山

叶克巴达那

大陆公路

培沙华尔城

帕尔斯

旧巴达夫夏

密斯鲁

辛德拉

北
西 东
南

帕尔斯

目　录

1　　第一章　国境之河

37　　第二章　渡河

77　　第三章　落日悲歌

119　　第四章　再次渡河

155　　第五章　凛冬终焉

188　　解说　有趣故事中的零件

第一章　国境之河

I

掠过峡谷的冷风，仿佛干燥而凛冽的刀锋，割裂了冬日的寒夜。

就在这种极端恶劣的天气里，拉杰特拉王子率领五万辛德拉大军，渡过了位于辛德拉与帕尔斯国境线上的卡威利河，向西进发。

不久之前，一贯以繁荣强盛著称的帕尔斯刚刚惨败于从西北方入侵的鲁西达尼亚军，王都叶克巴达那被攻陷，国内陷入混乱。早已觊觎帕尔斯辽阔领土的拉杰特拉企图借此良机趁火打劫，掠夺帕尔斯的国土，一举解决两国长年以来的国境线纠纷。若能获胜，无疑还将在与卡迪威王子的王位之争中增添有利条件。

"岂能让卡迪威那厮抢占先机。将在辛德拉国历史上刻下不朽名字的人，应当是我。"

拉杰特拉为在黑夜中依然熠熠夺目的纯白战马套上黄金色的马鞍，轻蔑地直呼出与自己相互憎恶的同父异母兄长之名。

这一年，是帕尔斯历三二〇年，而辛德拉历却是三二一年。

事实上，辛德拉建国不过二百五十年，但历法是建国者克罗顿加王即位时将历史回溯七十年制定的。据说这是为将克罗顿加王祖父的诞生之年定为元年，可惜没人相信这个解释。事实上，这只是向关系恶劣的邻国帕尔斯夸耀"我国的历史更为古老悠久"而已。

帕尔斯一方虽然心中不悦，却也无法强求别国修改历法。除非在交战中大获全胜，否则这种要求肯定无法实现。辛德拉毫不理会帕尔斯的不悦，就这样年复一年、世世代代地将他们的历史延续了下来。

现在国王卡里卡拉二世卧病在床，两名王子则为争夺王位兄弟阅墙。

拉杰特拉王子今年二十四岁，比帕尔斯王太子亚尔斯兰正好年长十岁。他拥有辛德拉人典型的深小麦色肌肤和棱角鲜明犹如雕刻的深邃五官，笑起来和善得让人如沐春风。只是这份和善是最令人不可掉以轻心的——与他敌对的卡迪威王子及其同党这样认为。

"挂着一脸讨好的笑容，割断对方的咽喉，这才是拉杰特拉那厮的本性。"他的同父异母兄长卡迪威愤然说道。

"说到底，如果拉杰特拉那厮乖乖承认我的王位继承权，根本什么都不会发生。我虽然只比他早降生了一个月，但怎么说也是他的兄长，我母亲的出身也更为高贵，又有全国一众豪强贵族支持。根本就轮不到他登场。"

同父异母的王子们相互争夺王位时，母亲出身高贵的一方更为有利，这一点放眼诸国皆准。就这一点而言，卡迪威的主张并无不当。但拉杰特拉也有自己的看法，言辞还相当激烈。

"我才更适合成为国王，无论从才能还是从胸襟上来说，这都是毋庸置疑的。虽然卡迪威也说不上有多么无能，但是与我诞生在同一个时代，实乃他的不幸啊。"

虽然口气大言不惭，但他终究还是成功地召集起了辛德拉国内的一众反卡迪威势力。与异母兄弟相比，拉杰特拉显得豪爽大方，在下级士兵以及贫民中很有声望。卡迪威终日周旋于王宫或豪门贵族府邸之间，几乎不在民众面前现身。与之相反，拉杰特拉却常常随意走上街头，观赏艺人的舞蹈，与商人讨论经济，在酒馆里痛饮。这样一来，也就难怪民众对卡迪威抱有高高在上的印象了。

上个月，卡迪威出兵侵攻帕尔斯大败而归，拉杰特拉便决定率兵亲征，希望这次可以获胜。

培沙华尔城巍然耸立在卡威利河西岸、帕尔斯东部边境。

此处乃是沿着大陆公路通向遥远东方绢之国的必经要塞。由红色砂岩筑起的城墙之中，驻守着两万骑兵和六万步兵。目前，这座城不仅是帕尔斯最重要的军事据点，还成为了帕尔斯王朝复兴的根据地——不久之前，帕尔斯王太子亚尔斯兰在寥寥数名部下护卫下，抵达了培沙华尔城。

帕尔斯军在亚特罗帕提尼会战中惨败于鲁西达尼亚军后，国王安德拉寇拉斯三世、王太子亚尔斯兰一直下落不明，而此刻帕尔斯军终于迎来了自己的主君。

　　亚尔斯兰今年十四岁，还是一个稚气未脱的少年，追随他的部下只有四男二女共六人。如今国王安德拉寇拉斯生死未明，身为王太子的他就成为了帕尔斯独立、统一的唯一象征。况且，他的部下中至少还有全帕尔斯最年轻的万骑长达龙与戴拉姆地区前任领主那尔撒斯二人，而这两个人被公认为是代表帕尔斯的栋梁之材。

　　这一夜很漫长，各种变故接连不断。他们才将穷追不舍誓要将亚尔斯兰置于死地的银面具男子逼落城墙，又接到了辛德拉军来袭的报告。

　　众人无暇继续追击银面具了。

　　负责守卫培沙华尔城的是两名万骑长——巴夫曼和奇斯瓦特。年迈的巴夫曼这段时间明显有些无精打采，奇斯瓦特不得不一心集中于防战的指挥工作。

　　亚尔斯兰王子麾下担任军师的那尔撒斯，这时绞尽脑汁思考着如何夺回落入侵略者鲁西达尼亚军魔掌的王都叶克巴达那。

　　这一次，那尔撒斯的构想中，并未将培沙华尔城内六万步兵计入战力。理由有二：首先是政治上的，待到亚尔斯兰即位，便会宣布释放全部奴隶。而帕尔斯的步兵均由奴隶所组成，同样将他们释放才不会自相矛盾。至于未来如何安置他们，那尔撒斯已经有了设想。

另一个理由则是军事上的。若要动员六万步兵，就需要准备六万人的粮食。目前培沙华尔城中备有足够的粮食，但这仅够坚守在城中与敌人交战。若八万将士出征远行，粮草必须同行，为此需备有牛马和车，而备齐它们并非一件易事。即便悉数备齐，行军速度也会大幅降低，反倒不如只派骑兵迅速行动，更能减轻补给负担。

然而现在，在筹划夺还王都之战前，必须先解决掉眼前的敌人——辛德拉军。亚尔斯兰前去征询那尔撒斯的意见，只见他显得镇定自若。

"请不用担心，殿下。与其说我军定会胜利，倒不如说有三个理由注定了辛德拉军必败无疑。"

"什么理由？"

亚尔斯兰探出身子，清澈夜空一般的眼珠闪闪发亮。过去住在王宫中时，他也曾向老师学过军事谋略和用兵之术，只是当时从未感到过有趣。眼下那尔撒斯的说明具体而富有说服力，令他听得津津有味。

那尔撒斯并未直接回答，却转身看向好友。

"达龙，你曾在绢之国暂住过，当时你应该在那个伟大的国家学到过用兵打仗时所需要注意的三项要素吧？"

"是天时、地利还有人和。"

"就是这些。殿下，此次辛德拉军完全违背了这三项要素。"

那尔撒斯开始一项项解释。首先是"天时"，目前是冬季，这个季节将使来自南方辛德拉习惯了炎热的士兵感到十分难熬，尤其辛德拉引以为傲的最强战力战象部队格外不擅抵御寒冷。这便是触犯了天时之忌。

第二点是"地利"，辛德拉军跨过边境，来到异国土地，还是深夜行动。或许他们的初衷是想在天亮前发动奇袭，但对于不熟悉地形的人来说，这种做法只能被称为莽撞。

第三点是"人和"，无论是卡迪威还是拉杰特拉，都不顾王位之争尚未结束，仅凭一时之欲便出兵攻击帕尔斯，如果竞争对手得知，恐有背后遭到偷袭之虞。只要这种心腹之患仍在，辛德拉军兵力再多也无以为惧。

"我们会为殿下打败辛德拉军，并于今后两三年间，为您献上东方边境的清泰安宁。"

那尔撒斯若无其事地行了一礼。

II

环绕在红色砂岩之中的培沙华尔城中庭以及前庭，熙熙攘攘地挤满了即将出征的人马。

城中的基本指挥工作由培沙华尔城司令官、万骑长奇斯瓦特负责。只见他迅敏地在马上下达一道又一道的指令，士兵们的行动虽然匆忙却毫不混乱。

身披铠甲骑在马上的达龙和那尔撒斯眺望着这幅场景，低声交谈：

“之前你不是说以寡胜众在用兵上乃是邪道吗？现在改变想法了？”

“不，完全没变。用兵的正道，首先是要集结起比敌人更多的兵力。只是这一次，我特意想走一下旁门左道。理由是……”那尔撒斯向好友解释，“我们有必要昭告帕尔斯全境，亚尔斯兰殿下就在此处。而收效最佳的做法就是以事实进行宣传。若能以少量兵力击败敌国大军，便可一举名声大振。一旦有了名声，慕名前来的支持者便会自动聚集于此了。

“这次我们要跨越边境，前往辛德拉境内作战，不可能调动太多的兵力。况且……”

那尔撒斯充满知性的面庞上，闪过一丝恶作剧般的狡黠表情。

“况且，让敌人以为我们没有那么多兵力会方便不少。达龙，总之你去把拉杰特拉王子活捉回来。”

“交给我了，要是不计死活就更简单了。”

入侵边境的拉杰特拉军约有五万人。先前据探子的报告，敌军总指挥官正是拉杰特拉王子本人。奇斯瓦特尽到了镇守东部边境的职责，此人并非只知挥舞兵器的有勇无谋之辈。

那尔撒斯驱马靠近奇斯瓦特身边。

"奇斯瓦特大人，请您借我五百骑兵，外加一名熟悉地形的向导。"

"好。不过只要五百人够吗？再加十倍也没问题。"

"没关系，五百人足够了。接下来请您先坚守在城中，暂且不要出城迎战。辛德拉军开始退却后我会发出信号，届时您再上前追击，便可轻松大获全胜。"

那尔撒斯拜托法兰吉丝和奇夫贴身保护亚尔斯兰，随即又唤来向导，迅速向他交代了一番。

等到一切安排就绪，那尔撒斯向亚尔斯兰说明了情况，请求王子应允他的安排。王子答道：

"既然是你那尔撒斯决定的事，我就没有异议。不必事事都征求我的许可。"

戴拉姆前任领主、年轻的军师向信赖自己的王子笑了笑。

"殿下，出谋划策是我的职责，但判断并最终做出决定乃是殿下您的责任。即使您觉得麻烦，今后每一件事我仍会前来请求您的允诺。"

"我明白了。不过今夜你和达龙出了城门就随意放手去做吧。"

得到了王子的答复，那尔撒斯又唤来了他的侍童——少年耶拉姆。正当他向耶拉姆交代要办之事的步骤时，一名用天蓝色头巾裹起一头泛红秀发的十六七岁少女凑了上来。她就是自称是那尔撒斯未来妻子的亚尔佛莉德。

"耶拉姆能做到的事，我也能做到啊。不管什么都可以吩咐我去做呀。"

"你这女人真是多管闲事!"

"吵死了,我在和那尔撒斯说话,又没和你说!"

"算了算了,你俩就分工一起来做吧。"

那尔撒斯苦笑着安慰少年和少女,递给他们一张写着辛德拉语的羊皮纸。纸上的文字由帕尔斯文字注音,并用混有荧光物质的墨水书写而成,黑暗中仍可清晰辨认。不懂辛德拉语的含义也没关系,只要大声喊出来就可以了。

待到少年和少女干劲十足地离去后,那尔撒斯马不停蹄地前去拜托法兰吉丝和奇夫。

"法兰吉丝小姐,麻烦你盯紧巴夫曼老人的一言一行。那位老人说不定会主动寻死。"

美貌的女神官仿佛绿宝石般的眼珠一闪一闪。

"你是说,巴夫曼老人知道的秘密可怕到不得不以死隐藏吗?"

"至少对那位老人来说是这样。"

听到那尔撒斯这样说,奇夫双眼中闪动嘲讽的光芒。

"可是那尔撒斯大人,那不是更如你所愿吗?那位老人背负着的秘密沉重而阴暗,最后不堪重负沉入地下。依我看来,不如索性任他自生自灭,更能杜绝后患。"

法兰吉丝沉默不语,但她看上去并不反对奇夫这个有些残酷的意见。

"倘若那位老人什么都没说，可能的确如此。但他现在已经说出了那么多令人浮想联翩的话，如果不让他继续将知道的一切和盘托出，恐怕反而会为未来埋下祸根。"

"是这样吗？"

"待到他离开人世再后悔就来不及了。拜托你千万要好好留意。"

那尔撒斯避开来来往往的骑兵队，策马走向城门前的广场。达龙已将五百名骑兵集合完毕，只待那尔撒斯到来。

"达龙，我想问你一个问题。假设，只是假设，亚尔斯兰殿下没有继承王室的正统血脉，你会怎么办？"

黑衣骑士的回答毅然决然，不带一丝犹豫：

"不，不管有什么内情或秘密，亚尔斯兰殿下都是我的主君。更何况殿下本人对那些内情或秘密又不负有任何责任。"

"是啊，没必要问你的。抱歉，我问了个没有意义的问题。"

"无所谓。那尔撒斯啊，反倒是我想问问你，你跟着殿下也有不短的时间了，你如何看待殿下的器量？不介意的话能否讲给我听听？"

"达龙，我认为殿下拥有作为一位主君难得的资质。我想你也知道，殿下对部下们几乎没有嫉妒之心。"

"唔……"

"倘若对自己的武勇和智略过于自信，就会嫉妒部下的才能和功绩，对他们疑虑、恐惧，最终将他们杀害。亚尔斯兰殿下并没有那种阴暗的心态。"

黑色的头盔之下，达龙棱角分明的面庞上微微浮现出困惑的表情：

"听你的言外之意，就像是在说亚尔斯兰殿下对自己的无能有着自知之明，这很好……"

"并不是这样的，达龙。"

那尔撒斯笑着摇了摇头。与达龙那几乎化作黑衣一部分的漆黑头发相比，他的发色较浅。自古以来，陆续有来自东西方的各种民族、人种在帕尔斯交融，帕尔斯人的头发与眼睛也因此产生了丰富多彩的色泽。

"达龙，从某种意义上来说，我们就像马儿。稍稍大言不惭一点，算得上是名马。而亚尔斯兰殿下就是骑手。能够驾驭名马的骑手，一定要跟得上名马的速度才行吧？"

"原来如此。我懂了。"

达龙笑着点了点头。

片刻过后，二人率领五百名轻骑兵趁着夜色出了城门。亚尔斯兰在正对着中庭的露台上俯视着这一幕。星光和火把摇曳的微光映在他的黄金头盔上，忽明忽暗。

"在达龙大人和那尔撒斯大人的指挥下，想必五百骑兵便能胜过往常的五千骑兵。殿下就和我们一同静待捷报吧。"

亚尔斯兰也赞同万骑长奇斯瓦特这番话，但他心中总有些无法释怀，觉得每次都让达龙和那尔撒斯以身涉险，自己却一直留在安全的地方。自己作为王子，不是最应该身先士卒深入险境的吗？

"殿下应当留在这里。您若不在，达龙和那尔撒斯大人凯旋后又该回到哪里？"

法兰吉丝微笑着如是说，亚尔斯兰不由得红着脸点了点头。与其擅自贸然行动，显然不如将一切都委任给达龙和那尔撒斯更为妥善。尽管如此，仅仅居于上位却毫无行动，便足以使一个尚未成熟的人感到有负担了。

法兰吉丝将亚尔斯兰留在对着中庭的露台上，便动身前往奇斯瓦特处商谈警备事宜，不想在走廊上与奇夫打了个照面。

"你要去哪里？此时不是应该跟在亚尔斯兰殿下身边吗？"

"马上就去。其实我悄悄去那位老人的房间里看了一眼……"

"大将军寄来的那封信吗？"

"没错。"

奇斯瓦特的僚友——万骑长巴夫曼，也是殉职于亚特罗帕提尼会战中的大将军巴夫利斯的战友。会战开始前，巴夫利斯曾寄给巴夫曼一封信，信中似乎挑明了一个关于帕尔斯王室的重大秘密。

那封信究竟被巴夫曼藏到哪里去了？挂念此事的绝不是只有奇夫。

"那个老爷爷死了倒无所谓，可是那封信如果落入可疑的家伙手中，恐怕就要惹出麻烦了。"

从别人看来，奇夫本人也常常像个"可疑的家伙"，但他毫不在意。

与法兰吉丝道别后，奇夫走向亚尔斯兰所在的露台，他走到走廊中央时停下了脚步，伸手搭上腰间的剑柄，将视线投向四周的墙壁。没有任何人影出现在他的视野里。

"也许是错觉。"

奇夫自言自语着离去后，空无一人的走廊上浮现出奇异的景象。

一阵低沉而充满恶意的笑声在空气中激起了微微的涟漪。铺着石板的走廊一隅，两只小老鼠正津津有味地啃着同一块已经变硬了的面包，却突然被恐惧的叫声吓得蜷缩了起来。笑声是从石壁的缝隙中漏出来的，还在石壁中缓缓移动。

Ⅲ

对辛德拉军来说，异常变化是从极不起眼的细微之处开始的。

身处敌国境内，又是连夜行军，行军秩序无论如何都难以维持。军官们都目光炯炯地盯着队列，确保无人掉队。负责输送粮草的辎重部队戒备森严，士兵们在堆满小麦和肉的牛车周围筑起一道密不透风的墙。

然而，头顶上方无论如何都是无法守住的。辎重部队的士兵正缩起脖子在寒冷干燥的冽风中行进，突然，风声变得异样尖锐。没等他们反应过来，数十支箭已经如雨点般从天而降。

惨叫声骤然响起。士兵在军官的命令下举起枪，抵挡来自四周的攻击。然而，当拉着运输车的牛被箭射中时，混乱爆发般地蔓延开来。

牛哀号着失去控制横冲直撞。被牛撞飞的士兵又撞飞了别的士兵，随即落在地上被发疯的牛拖着运输车碾死。

辛德拉军正在试图以密集队形通过狭窄的道路，此刻人与牛、运输车相互推搡着、冲撞着，士兵迅速制止却无济于事。

"敌人来袭！"

有人惊叫了起来。倘若侧耳细心聆听，应该会发现那是少女和少年的声音。

"敌人来袭！不是帕尔斯军，是卡迪威王子从背后偷袭！"

叫声传遍全军，流言蜚语随即在辛德拉士兵中散布开来。在夜色、箭雨以及流言的旋涡之中，惊惶混乱在辛德拉军中急遽蔓延。

"怎么了，吵什么？"

骑在白马背上的拉杰特拉皱起眉头。培沙华尔城就在眼前，混乱却从部队后方传来，这自然令他感到不安和不快。正在此刻，一名面无血色的士官从后方疾驰上前报告。

"拉杰特拉殿下，大事不好。"

"什么情况？"

"卡迪威王子率大军从我军背后偷袭。"

“什么！？卡迪威……”

拉杰特拉心头一惊，倒抽一口冷气，不过立即恢复了平静。

“怎么可能？卡迪威怎么会知道我在这里。一定是哪里搞错了，你再去确认一下。”

“可是殿下，或许迄今为止我们的一举一动，都被卡迪威那厮的同党暗中监视了。”

这个说法其实有些本末倒置。先是对卡迪威王子前来偷袭这个“事实”深信不疑，然后在脑海中拼凑起乍看似乎合理的推测，借以进一步证明这个事实。那尔撒斯看穿了辛德拉军中缺乏“人和”而采取的流言战术，果然让他们不偏不倚地掉进了陷阱。

拉杰特拉的随从们大为动摇，最终纷纷向年轻的君主进言。

“殿下，在如此狭窄的路上后方遭到包抄，将对我军非常不利。如果帕尔斯军再从前方袭来，我们就会被前后夹攻了。请您下令先暂时退至卡威利河畔吧。”

“就这样一无所获空手而归吗？”

拉杰特拉愤慨道。但他已料到军中的动摇将不断扩大，勉强前进已失去意义，还是暂且先退至卡威利河。他下定决心，命令全军后退。

这道撤军命令却无异于在混乱的种子上撒下肥料。指挥官的判断能否准确迅速地传达到最基层，是决定军队质量的关键要素。这一夜的辛德拉军已经乱了阵脚，根本无法采取统一行动：有些部队试图后退，有些部队仍在继续前进，还有些部队停下来想看看情况，马上被前后的混乱卷进其中。

"拉杰特拉殿下，有要事要向您禀报。殿下在吗？"

听到黑暗中有人这样问原本应立即起疑，但拉杰特拉深信在五万大军守护下自己一定是安全的。在那尔撒斯看来，正是召集足够兵力后在用兵上出了问题。

"拉杰特拉在此。出什么事了？"

"大事不好！"

"这句话我已经听腻了。到底怎么了？"

"辛德拉国的拉杰特拉王子，不幸落入帕尔斯军手中，沦为俘虏。"

"什么？"

正在此时，黑暗中传来一阵巨响。

一道细长的火焰在夜空中冉冉升起，深夜的地下涌起阵阵马蹄轰鸣。奇斯瓦特率军从培沙华尔城中突袭而来。

奇斯瓦特军首先从城门处朝着面前的黑暗乱箭齐发，随即举起长枪一起冲锋上前。他们强行突破辛德拉军组成的人墙后便不再继续深入，反而向后退却，诱使辛德拉军前锋上前追击，一旦他们进入弓箭射程，便张弓放箭，趁辛德拉军心生怯意之时再将其冲垮。

"拉杰特拉殿下，委屈您按我方的计划，当一下俘虏。"

话音未落，一道利刃从侧面扫来，拉杰特拉在千钧一发之际堪堪招架。一瞬间，飞散到眼前的火花下映出一张年轻而勇猛的面孔——那不是辛德拉人的脸。

拉杰特拉利落地防住了那尔撒斯接连不断的斩击，然而转眼间十回合过去，他渐渐落了下风。正在此时，又有一柄剑从反方向袭来。

"那尔撒斯，你要这么费事打到什么时候？"

拉杰特拉慌了神。一对一尚且没有绝对胜算，何况是一对二，根本无从抵抗。拉杰特拉并不打算在登上辛德拉国王宝座之前就一命呜呼。

收剑回鞘，掉转马头，拉杰特拉逃了出去。即便事已至此，他都不肯径直逃走，还回过头丢下一句话，不禁令人钦佩。

"今天先饶你们一命。下次再相逢，绝不会放你们活着回去。"

"胡说八道！"

达龙手中剑光一闪，迎着夜风削下了拉杰特拉装饰在头盔上的孔雀羽毛。

拉杰特拉慌忙缩起脖子，那尔撒斯的剑随即袭来。拉杰特拉举起剑试图格挡，然而那尔撒斯手腕一翻，拉杰特拉手中长剑便被卷起，高高飞上夜空。

拉杰特拉落荒而逃。

白马脚步骏敏，拉杰特拉骑术亦不逊色。只是对开始感到疲倦的白马来说，饰有大量宝石及象牙雕刻的黄金马鞍实在太重了。意识到这一点，拉杰特拉边跑边解下固定马鞍的皮绳，骑着没有鞍的马儿继续狂奔。

其实他原本就不该执着骑坐在夜晚也十分醒目的白马。随着弓弦声响起，白马颈部中箭，高声嘶叫着一个踉跄跌倒在地。

拉杰特拉从马背上被抛了出去，后背狠狠撞在地面上，半天喘不过气来。当他终于准备爬起来时，胸甲突然被踩住了，一道闪着白光的剑锋直指他的鼻尖。

"敢动一下你就没命了，辛德拉的美男子。"

一个年轻的女声用帕尔斯语甩下这句话。与此同时，达龙和那尔撒斯也策马赶了上来。

IV

夜色渐明的培沙华尔城中庭。

辛德拉国的王子拉杰特拉连同身上豪华的绸缎衣服和铠甲一起被绑得结结实实地带到亚尔斯兰的面前。在前面牵着绳子的是立下大功的亚尔佛莉德。

拉杰特拉在亚尔斯兰面前盘腿坐下，并没有发狂大怒。

"哎呀，真是的，彻底着了你们的道了。"

他用帕尔斯语大声说着，还爽朗地笑了起来。不论心中是怎样想的，至少他的表情和声音中都不带一丝羞惭，泰然自若，颇有堂堂一国王子之风。

"亚尔佛莉德，干得好。"

听到亚尔斯兰的称赞，轴德族族长之女端端正正地行了一礼。

"不，此番胜利全靠了那尔撒斯大人的妙策。"

她并未在那尔撒斯的名字前加上"我的"一词以宣示所有权，令那尔撒斯安心不少。

"拉杰特拉王子，我乃帕尔斯王太子亚尔斯兰。此番请您前来，虽然手段有些粗暴，但我有些话想和您说。"

"我乃辛德拉国王子，亦是下一任国王。倘若有话要对我说，就先解开绳子以王室之礼相待于我，之后我再听你说。"

"您所言极是。现在就为您松绑。"

看到亚尔斯兰欲上前亲手为拉杰特拉松绑，那尔撒斯朝达龙使了一个眼色。黑衣骑士点点头，对亚尔斯兰行了一礼走上前去，拔出腰间长剑。

拉杰特拉抖了一下，整个身体僵住了。雪亮的刃锋对准他的身体，寒光一闪。

达龙只是虚晃了一剑，但这一剑的确给了拉杰特拉一个下马威。拉杰特拉盯着四周被斩断落下的绳索，用舌头舔了舔干涸的嘴唇。达龙的剑完全没有伤到拉杰特拉绸衣的丝毫。

"抱歉。也许这样我们就可以对等交谈了。"

"算了。你想说什么？"

"我们希望与您缔结攻守同盟，首先我们会协助您登上辛德拉的王位。"

从一开始，亚尔斯兰就在使用那尔撒斯事先教给他的交涉技巧。

"眼下我的国家中也出现了一些混乱。"亚尔斯兰用了一种委婉的方式表达。

"混乱是指什么？"

"信仰依亚尔达波特神的鲁西达尼亚军从西方入侵我国。虽然我军骁勇善战，但很遗憾，战况不太乐观。"

奇夫站在亚尔斯兰身后，嘴角勾起一抹坏笑。亚尔斯兰拼命模仿着那尔撒斯式交涉技巧的样子实在是太好笑了。

"这么说来，你那边也很焦头烂额嘛。说要帮我，可我没觉得你们的处境比我好到哪里去。"

"一点不假。不过，我至少还没有在异国军中沦为阶下囚。这一点我的处境就比您更有利。我说得有错吗？"

"是的，没错。"

拉杰特拉不情不愿地转眼环视周遭众人，视线从那尔撒斯和达龙脸上一扫而过，随即在法兰吉丝白皙秀丽的脸上停留了良久。

"可就算这样，我也不觉得有和你结盟的必要啊。你说了这么多，说到底就是想利用我的兵力。荒唐，谁会上你的当啊。"

感到亚尔斯兰求助的目光，那尔撒斯放下交抱在胸前的双手，不紧不慢地说道：

"没事，不想结盟算了，随您的便。不过那样我们就只好在您脖子上拴上铁链，交给卡迪威王子了。奇夫，把铁链拿来。"

"等……等一下，别急着下结论嘛！"

拉杰特拉慌了。因为奇夫故意把锁奴隶用的铁链扔在地上吓唬他。他忐忑不安地半站起身来，又坐了下去。如此看来，拉杰特拉虽然以策略家自居，但他不是城府还不够深，就是太老实了——或许二者皆有。

"就算把我交给卡迪威，他也不会感谢你们的。不，以他的心狠手辣，或许他会用打着为同父异母兄弟报仇的旗号来攻击你们哦。"

听到拉杰特拉的主张，那尔撒斯只是嗤笑了一声。

"卡迪威在打什么主意不关我们的事。倘若您拒绝结盟，我们就只有报复一途了。结论非常简单，不是吗？"

"等一下，等一下，就算要结盟，也不是我一个人就能做主的。我还要对辛德拉百姓说明情况啊。"

"不必担心。"

"就算你说不用担心……"

"我们已经通过殿下的各位部下昭告辛德拉全国了。拉杰特拉王子与帕尔斯王太子亚尔斯兰已经基于友谊和正义缔结盟约，为维护辛德拉的和平，开始向国都乌莱优鲁进军。"

拉杰特拉瞪大双眼，一时间发不出声来。

"两三天之内，想必这个消息就能传到辛德拉国都乌莱优鲁了。大概有人会为此欣喜，有人会为此恼怒，但无论如何，贵国的百姓都即将得知拉杰特拉殿下的决断了。"

拉杰特拉那小麦色的肌肤上渗出了汗珠。他不得不承认，一切都在那尔撒斯的算计之中。最重要的是，他的生死已经完全掌握在可恨的帕尔斯人手中了。

"好，我知道了。"

拉杰特拉从牙缝中挤出一句回答，语调要说沉重不如说是装腔作势。

"缔结盟约吧。唉，帕尔斯的王太子殿下啊，我真是欣赏您。您还这么年轻就已经如此沉稳可靠，尤其是身边还拥有这么优秀的部下，作为盟友实在是相当值得信赖。今后就让我们为彼此竭尽全力吧。"

总而言之，盟约缔结了，拉杰特拉的待遇也从俘虏升级成了座上宾。当然，他并没有得到自由，直到午后召开贺宴为止，都被严密地软禁在一个房间里。

一直到贺宴开始后，拉杰特拉才逐渐变成了一位热情爽朗的客人。

"来，喝酒吧。亚尔斯兰殿下，您也别因为自己年纪还小就不敢喝。既然生为一个男子汉，就该大口喝酒、拥抱美女、狩猎大象、夺取国家。就算失败，也不过是作为叛贼一死罢了。"

拉杰特拉张嘴大笑，连后槽牙都露出来了。他大碗喝酒、大口吃菜、喋喋不休地说话，还唱起辛德拉民谣。这哪里是歌声，明明是水牛的鼾声——尽管奇夫如此刻薄地评价，辛德拉的王子还是不停地动着嘴巴，完全不知歇息。

片刻之后，拉杰特拉从座位上站起，坐到法兰吉丝身边。他从一开始就被她出众的美貌深深吸引了。他用帕尔斯语夹杂着辛德拉语向她搭话，每说一句话就在她的银杯里斟满美酒。没过多久，奇夫也坐到法兰吉丝的另一侧，一边牵制着拉杰特拉，一边也开始将自己手中酒瓶里的酒注入法兰吉丝的银杯之中。

达龙将中途退席的亚尔斯兰送回寝室，再回到宴席上的时候，美丽的女神官正踩着优雅的步伐走出大厅。

"法兰吉丝小姐。"

"喔，达龙大人，亚尔斯兰殿下已经就寝了吗？"

法兰吉丝脸颊上泛着些微红潮，除此之外全身上下看不出一丝醉意。

"殿下已经睡下。拉杰特拉王子怎样了？"

"刚才还在大杯大杯地灌着酒，不知什么时候却已经睡着了。辛德拉人的酒量似乎不怎么样啊。"

女神官吐字清晰，身姿笔直端正。

达龙目送着她远去的背影，有些迷惑不解地走进了大厅。

大厅中弥漫着酒的醇香。地上横七竖八滚来滚去的空葡萄酒瓶有好几百个，麦酒和蜂蜜酒的空瓶也密密麻麻地躺满整张地毯。辛德拉的王子醉醺醺地卧在酒瓶堆中，口中念念有词。

"唔唔，真是一位酒量惊人的女子，两个人轮流上阵居然都没能把她灌醉。以前我从来没见过这种酒豪呢！"

"两个人？"

"旁边应该还有个叫奇夫的乐师……他还活着吗？"

听他这么一问，达龙转头环视室内，只见那个平时是流浪乐师、兴致一来便化身为盗贼、眼下是亚尔斯兰部下的紫红色头发美青年正靠在墙上，将醒酒水送到唇边。

"可恶，成群的水牛在脑子里一边合唱一边跳着舞。为什么会变成这样啊？明明我每喝一杯酒，法兰吉丝小姐已经被灌下三杯了……"

看来，法兰吉丝只靠一己之力便从正面击败了两名别有用心的酒客。

V

双方就这样强行缔结了盟约。

然而此刻，那尔撒斯却有些迟疑，他犹豫着究竟是否该带老将巴夫曼前往辛德拉国内作战。

两名万骑长——奇斯瓦特和巴夫曼，一定要有一位留下来守卫培沙华尔城。这件事原本没什么可迟疑的，带年轻而精悍的奇斯瓦特一同出征，留下老练的巴夫曼守卫后方。这只需按常识行事，便可万事大吉。

然而，巴夫曼的挣扎和心事重重，为那尔撒斯的计划中增添了不确定因素。对那位老人的忠诚和能力究竟能够信任到何种程度呢。

那尔撒斯原本就不认为抵达培沙华尔城就可高枕无忧了。此时此刻，一切刚刚开始。

将拉杰特拉推上辛德拉国王之位，铲除一切后顾之忧后，再向西进军，夺还王都叶克巴达那。说起来简单，但要制定详细计划并付诸实施、使之最终成功，纵观帕尔斯全国也只有那尔撒斯一个人能做得到。

当然，仅凭那尔撒斯一人之力是远远不够的，他还需要得到能力出众的同伴们协助。譬如，射中拉杰特拉的坐骑、将其生擒的便是擅自决定年满十八岁就和他结婚的亚尔佛莉德。她的功绩的确不容小觑，只是一想到两年后的未来，那尔撒斯就仿佛宿醉般头痛欲裂。

与宿醉无缘的法兰吉丝在这一夜终于得到了机会，上前与站在走廊上的万骑长巴夫曼交谈。一开始，巴夫曼态度极不友好。

"原来亚尔斯兰殿下并不信任我。他是派你这个心腹来监视我吗？"老巴夫曼刻薄地说。

"巴夫曼大人，您别这么说，亚尔斯兰殿下可是非常信任您的，所以才不惜一路艰难困苦，冒着危险来到培沙华尔城。没有回应殿下这份信赖的该是您吧？"

法兰吉丝的声音中透着严厉。巴夫曼转过头来，用不满和怀疑的眼神注视着面前这位比自己年轻四十来岁的美貌女神官。

巴夫曼对亚尔斯兰王子身边的部下们并没有太多好感。达龙虽然是巴夫曼四十五年来的战友巴夫利斯的侄子，但他对巴夫曼的犹豫不决总会露出类似责备的表情，况且他还是那尔撒斯的好友。而那个那尔撒斯，可是一位会对自己的主君——国王安德拉寇拉斯的执政大唱反调、最终被逐出宫中的人物。即便如此，至少这两个人的身份来历还是一清二楚的，至于奇夫、法兰吉丝等人究竟是什么来历就不得而知了。凭什么自己身为万骑长，却要承受这种来历不明的女人如此严厉的指责呢。

巴夫曼深吸了一口气，开口问道：

"你似乎是侍奉密斯拉神的女神官吧？"

"正是，老将军。"

"倘若如此，你只要留在神殿里闭门赞颂神的荣光就好了，为什么区区一介女流之辈，却还要手持武器来到俗世抛头露面呢？"

"这正是我信仰密斯拉神之故。密斯拉神乃是信义之神，不愿看到人世充满不平与暴虐，因此身为神职者我也必须尽绵薄之力。"

巴夫曼斜眼向她瞟去。

"就是说你追随亚尔斯兰殿下也是奉了密斯拉神的旨意吗？"

"应该说，密斯拉神的旨意与我自己的想法恰好一致吧。"

巴夫曼动了动嘴唇，似乎想要说些什么，却又闭上了嘴。

法兰吉丝用白皙的手指拢起黑缎般的长发，注视着老万骑长的表情。

"亚尔斯兰殿下勇敢地承担起自己的责任，向命运正面迎战。相比之下，身经百战的年迈宿将却还顾虑多多，忍不住想问问您的岁月都虚度到哪里去了？"

"还真敢说啊，你这好强的女人。"

巴夫曼晃着他那灰色的胡须甩出这句话，不过他看起来似乎也没有太反感。

他原本就生性单纯而刚强。一旦得到某个契机，应该就能从重重心事中振作起来，重拾身为武将的荣耀。法兰吉丝尚不确定自己是否成功，只听巴夫曼低声吐露出了自己的心声。

"倘若我丑态百出，到了那个世界恐怕将无颜面对巴夫利斯。身为帕尔斯武人、一名万骑长，我会让你们看到我的问心无愧。"

巴夫曼斩钉截铁地说罢，转身迈着重新变得强而有力的步伐沿走廊离去，法兰吉丝的视野中留下了一个魁梧的背影。

法兰吉丝与老将分开后，便前往那尔撒斯处说明了情况，最后加了一句自己的看法："在巴夫曼大人身上，我只看出他已经下了大不了一死的决心。在和之前不同的另一种意义上，我们需要小心留意不是吗？"

"法兰吉丝小姐也觉得是这样吗？"

那尔撒斯微微皱了皱眉。巴夫曼重新值得信赖的确令人欣喜，但正如法兰吉丝所说，现在需要担心另一个方面了。姑且不论老巴夫曼自己是如何定义作为武人的美学的，此时此刻绝不能轻易失去对亚尔斯兰有用的人才。况且首先也不能对已故的巴夫利斯寄给巴夫曼的那封神秘的信件视而不见。

"真是的，有多少个脑子都不够用了。"

那尔撒斯伸手撩起他那色泽明亮的头发，绞尽脑汁陷入了沉思。

眼前，他首先要把他那年幼的主君似乎自从抵达培沙华尔城起就一直在烦恼着的问题解决掉。那就是关于释放城中奴隶们的问题。

"请与奴隶们立下约定，待到与辛德拉的战争结束后就释放他们，还他们自由之身。"

"我真的可以这样答应他们吗？"

亚尔斯兰那清澈夜空色的眼珠闪闪发亮。他一直怀揣着将帕尔斯国内的奴隶全部释放的理想。

"当然没问题。这就是殿下应该成国王的理由啊。"

"可是那尔撒斯，将奴隶们释放之后，又该怎样做呢？他们能靠自己的双手独立生活吗？"

"这件事您无需担心。"

那尔撒斯提出的方案，是建立屯田制。卡威利河西岸一带自古以来地处边境地带，因此一直被空置着没有开垦。只要建好水利设施，并不会像现在这样寸草不生。可以将这片土地分给被释放的奴隶，命他们自行开垦。让他们合力挖开水渠，再由国家租借种子和幼苗给他们。最初的五年间不收一分租税，待到农业收成稳定下来再收取租金，此后国库里会再多一份稳定的收入。

"倘若辛德拉军入侵，他们一定会为了保护自己的土地和生活，主动拿起武器迎击。培沙华尔城就在他们背后，有奇斯瓦特在此，他们也不会感到惶恐不安了。"

最后，那尔撒斯决定带巴夫曼一同远征辛德拉，留下奇斯瓦特镇守培沙华尔城。除了为老英雄巴夫曼提供一个最壮烈的赴死之地，似乎已经无法再为他做更多的事了。而在他死后，他手下的军队将由达龙接管。已经别无选择了不是嘛。

VI

培沙华尔城如今成了亚尔斯兰、拉杰特拉同盟的根据地。这是直到数日前都不曾有人想到的。

一队人马聚集在一座与培沙华尔那红砂岩城墙遥遥相对的山丘顶上，将一名戴着银色面具的骑士簇拥在正中央。

"事态演变得有点诡异啊。"

听到部下查迪这句话，亚尔斯兰的堂兄席尔梅斯在银色面具后沉默着，若有所思。

就在几天前，他趁着夜色侵入培沙华尔城试图刺杀亚尔斯兰未果，不得不跳下护城河逃脱。随后，辛德拉军跨过边境来袭，场面曾经一度混乱不堪，然而事态又是如何演变至此的呢。连敏锐的席尔梅斯也不由得目瞪口呆，一时间不知该如何是好。

隔了许久，他终于开口对查迪说道：

"决定了，我们回叶克巴达那去。"

"是，遵命。只是殿下，留着亚尔斯兰和他的同党坐视不理没问题吗？"

"很有问题。可是，毕竟也不能为了讨伐他们远征辛德拉吧。我可没有亚尔斯兰那伙人以为的那么神出鬼没啊。"

查迪犹豫着要不要把这句话当作一句玩笑听，最后他终究还是没有笑出来。

"要是亚尔斯兰那厮被辛德拉军干掉了，总觉得有点可惜啊。"

"怎么会呢？那小子身边还有达龙、那尔撒斯那些人，才不会被辛德拉军轻易干掉的。"

席尔梅斯轻轻笑了笑，言语之中赞扬和憎恶复杂地交织在一起。

"亚尔斯兰那小子一定会回来的，为了被我亲手杀掉。先在叶克巴达那做好欢迎他的准备吧。"

一旦考虑到周遭环境中的势力结构，席尔梅斯终究还是无法不重视王都叶克巴达那。倘若一直远离王都，只怕那个让人猜不透的泰巴美奈王妃又要打什么狡诈的算盘了。

而且，他对囚禁在地下牢里的安德拉寇拉斯王也很放心不下心。鲁西达尼亚军分裂为国王派和波坦大主教派之后又怎样了呢。现实不允许他时刻介怀一个没能成功刺杀的亚尔斯兰。

席尔梅斯在冬日天空下远眺着正筹备出征的培沙华尔城那透出鼎沸人声的红砂岩城壁，飞身上马，向睽违数日的王都叶克巴达那疾驰而去。

查迪等部下紧随其后。

在亚尔斯兰无从得知的地方，威胁着他生命的最大劲敌正离他远去。只是，正如席尔梅斯所说，那只是暂时的。

辛德拉的国都乌莱优鲁，坐落在与卡威利河相连的内陆水路网中心。白垩岩建成的王宫四周环绕着五彩斑斓的亚热带花草树木，淡红色大理石砌成的台阶直接通向运河，当落日洒下余晖时，竭尽笔墨也难以描绘此处的美景。

乌莱优鲁的夏天很长，且笼罩在难耐的酷暑之中。相对来说，这里冬天的气温相当舒适，与其说寒冷倒不如用凉爽来形容。被炎炎烈日晒得濒临死亡的花草树木也在这个季节恢复了生命力，郁郁葱葱生机四溢。只是，拉杰特拉与帕尔斯缔结盟约的报告传来的那一天，北风罕见的冰冷透骨。

辛德拉两位王子争夺王位导致国家分裂一事，责任多半在于国王卡里卡拉二世。倘若他明确册立王位继承人，事态不至于恶化至此。

眼下卡里卡拉二世尚在人世。他今年五十二岁，既不到衰老将死的年纪，也从未长期卧病在床。他本人也完全没打算退位让贤，因此一直都没有正式立下王太子。

事态之所以突然演变成"国王病笃"，归根结底也只能怪卡里卡拉二世对自己的健康过于自信。十年前，原配王妃亡故，曾经善良安分的卡里卡拉王开始公然物色美女。从那之后，他便四处采集生在密林中的蘑菇、毒蛇的鲜血、深海鱼卵，等等，将这些据称有壮阳功效的可疑药材随酒大量服下。直到半年前的某一天，他突然倒下，就此半身不遂。

如此一来，他就完全无法继续作为国王治国理政了。

在辛德拉，不仅是王位，连宰相之位也是代代父子相传的，世称"世袭宰相"。当今世袭宰相名叫马赫德拉，此人的女儿嫁给了卡迪威王子，成了他的王妃。

马赫德拉当然是希望女婿卡迪威继承下一任国王之位。而卡迪威也正有此意，他想尽快以摄政的形式参与政事，然而不管是他自己，还是他那身为世袭宰相的岳父，都树敌无数。其中最大的劲敌拉杰特拉，不仅公开质疑卡迪威继承王位的实力，这次竟然还和自古以来的敌国帕尔斯联手来进攻国都了。

"可恶，拉杰特拉这混账居然勾结帕尔斯军来争夺王位，实乃为达目的不择手段的不知羞耻之徒。我发誓绝不让他坐上国王宝座！"

卡迪威暴跳如雷，但同时也感到忐忑不安。辛德拉军清楚地知道帕尔斯骑兵有多么骁勇善战——并不是他们主动想知道的，而是因为迄今为止的事实已经狠狠给过他们无数次教训了，甚至，只要听到从年轻时就作为猛将名扬四方的帕尔斯国王安德拉寇拉斯三世之名，连哭泣的小孩都会立刻安静下来。而如此悍勇的帕尔斯军究竟是出于什么缘由，竟与拉杰特拉结为同盟的呢。

"无论如何，您应该让军队做好随时出兵的准备，殿下。"

听闻岳父马赫德拉此言，卡迪威匆忙召集部队，又命令他最信赖的战象部队出动。但此事在准备阶段便遭到了意外的阻碍，负责人的将军如实报告：

"今日寒风肆虐，大象不愿走出象舍。该怎样是好呢？"

"用鞭子抽它们，把它们赶出来！鞭子是用来干什么的？"

卡迪威正因为如此丝毫不懂设身处地替人着想，才会四处树敌，但他本人显然没有意识到这一点。正如同拉杰特拉经常嘲笑他"不谙世事"，卡迪威有时甚至会忘记世上还有王宫以及贵族庄园之外的地方。即便如此，他又有着懦弱的一面，无论什么事总会去找岳父马赫德拉商量。

"准备是准备了，可是到底我们能取胜吗，马赫德拉？"

"您在担心什么啊。无论才华还是兵力，殿下都远远占了上风。就算帕尔斯军参战，也不可能全军出征。没有必要害怕。"马赫德拉拼命安慰女婿。

万一卡迪威败给拉杰特拉，马赫德拉自己也只能坐以待毙了，必须让这位虽然说不上无能但有些不可靠的女婿大人再多努力一点。

人生中初次国外远征在即，亚尔斯兰最开心的莫过于奇斯瓦特把老鹰"告死天使"借给了他。

"它应该会成为殿下可靠的友人，况且相比在城中闭门不出，它更喜欢在广阔蓝天下振翅高飞。若带它同行，想必也能为殿下增添些许力量。"

"谢谢，那我就不客气地暂借一下了。"

亚尔斯兰示意"告死天使"停在自己伸出的手臂上，对这位长着翅膀的好友说道：

"告死天使，和奇斯瓦特道个别。我要带你去一个叫辛德拉的国家了。"

当手臂上停着"告死天使"的亚尔斯兰走上露台开始阅兵时，聚集在中庭的帕尔斯军中迸发出阵阵欢呼。

城门随即敞开，拉杰特拉王子骑着一匹新白马现身于等在城外的辛德拉军面前时，军中齐声欢呼起来。

"拉杰特拉！我们的王！愿众神万千恩宠降临于您一人之身。请您引领我们走向胜利……"

"那个轻浮的王子，似乎很受士兵们爱戴啊。"达龙站在亚尔斯兰背后，悄声对那尔撒斯说道。

"轻浮王子"骑着白马走到露台下方，高高举起一只手，大声喊道：

"亚尔斯兰殿下，此前我也曾经说过，希望能够与你成为挚友。以卡威利河为界，我作为辛德拉国王向东，你作为帕尔斯国王向西，你我各自征战到天涯海角，称霸整片大陆，共同携手建立永远和平的世界！"

亚尔斯兰对他报以笑容，达龙却啧啧道：

"那尔撒斯，我怎么都无法从心底信任那个叫拉杰特拉的男人。是我想多了吗？"

"不，你没有想多，我也有一样的感觉。不过，没关系的。现在拉杰特拉背叛亚尔斯兰殿下也得不到任何好处。就算那家伙要叛变，也要等到把卡迪威的首级放在脚边之后了。"

那尔撒斯一脸嘲讽的表情，眺望着沐浴在辛德拉军欢呼声中的拉杰特拉。

"告死天使"在亚尔斯兰的手臂上轻轻拍了拍翅膀。

就这样，亚尔斯兰在此前从未想过的异国他乡迎来了帕尔斯三二一年的新年。

第二章　渡　河

I

拉杰特拉率五万辛德拉军，亚尔斯兰率一万援军，一同向位于西南方的国都乌莱优鲁进军。

目前卡威利河正值冬季干涸期，水深仅及马腹。渡河途中虽数次发生士兵连人带马陷入深处溺水的事故，但所幸无人伤亡，全军平安渡过了大河。

对亚尔斯兰来说，率大军渡河的经历尚属人生初次。他不仅感到新奇，也对那尔撒斯的话留下了深刻的印象：

"拉杰特拉王子绝非一介等闲之辈。他此前成功于夜间率军渡过这条大河一事也证实了这一点。"

原来如此，只感到新奇是不够的，还要学为己用。亚尔斯兰正这样想着，只见一名在先头侦察的辛德拉骑兵慌慌张张赶回了河岸。

"卡迪威军在我军前方开始布下阵形。"

报告传来的时刻，西南方已经扬起漫天尘烟。卡迪威曾试图阻止拉杰特拉一行渡过大河，虽然以些微之差没能赶上，但正当拉杰特拉军刚刚过河，尚未布下阵形时，一万五千名卡迪威军骑兵突袭而至。

进入辛德拉境内的第一场战斗，没有给那尔撒斯留出巧施战术的时间，混战就这样拉开了帷幕。

卡迪威王子麾下的普拉达拉特乃是辛德拉全国屈指可数的骁勇战士。他挥舞着厚重利刃的偃月刀，每一次手起刀落，坐骑左右都激喷出血雾，人和马的尸首越积越高。拉杰特拉军畏惧地向后退去，眼看就要从河岸之上被赶落水中。

看着自己部下尚未完全整顿好阵形，便被普拉达拉特逼得仅余招架之力，拉杰特拉想把这个烫手山芋扔给帕尔斯军。

"亚尔斯兰殿下，去让那没见过世面的卡迪威见识一下帕尔斯骑士扬名诸国的骁勇可好？"

"好。达龙，拜托你了。"

"如殿下所愿。"

达龙施了一礼，单手提着长剑，一脚踹上黑马马腹。他看穿了拉杰特拉厚颜无耻的企图，却不能不服从亚尔斯兰的命令。何况，借机展现一下帕尔斯人的忠诚和勇猛也并非一件坏事。

普拉达拉特甩着偃月刀，在河岸细沙上染满一片朱红，突然看到一名全身漆黑装束的骑士，面无惧色果敢迅猛地策马而来。他抖落偃月刀上的血痕，用一口蹩脚的帕尔斯语大吼。

"帕尔斯来的走狗们，是专门跑到辛德拉的土地上来成排留下你们那穷酸脑袋的吗？那我至少会把你们的首级摆在河岸上，让你们死后也能眺望到祖国的风景吧。"

"你就试试吧!"

达龙简短回答后,将迎面劈来的偃月刀格挡开。

二人手中白刃舞动,一次次向对方展开猛烈攻势。但是仅凭三五回合,终究还是分不出胜负。

明亮的刃锋反复相互撞击,双方从河岸一直缠斗到河心。

"达龙,加油!"

亚尔斯兰从马上探出身的瞬间,黑衣骑士用战果回应了王太子的这份信赖。冬日白昼下,他手中长剑寒光一闪,鲜血与水柱从河中一同喷涌而出,普拉达拉特巨大的身躯就这样连同握在他手中的偃月刀一起沉入水底。

眼见主将被斩杀,敌人顿时溃不成军,拉杰特拉军转守为攻顺势反击,卡迪威军丢下三千尸体仓皇败退。在辛德拉境内的第一战,就这样以亚尔斯兰的胜利收场。

"达龙大人的骁勇实在令人佩服。全国上下都难以寻得如此优秀的猛将。"

拉杰特拉嘴上赞叹不已,心中却打着如意算盘,必须将帕尔斯军捧昏头脑,好让他们今后继续为自己卖命战斗。何况好听的话无论说多少都不用花钱。

"真是无聊的一仗。"

这一仗正如达龙所言。双方在极其开阔的半是沙漠的平地上正面交锋,因此完全用不到任何兵法战术,只要纯粹以武力相互压制。在达龙斩杀普拉达拉特的一瞬间，整场战斗的胜负便已见分晓。这样一来，亚尔斯兰连学习战术的余地都没有了。

那尔撒斯笑了。

"别担心，马上就要变得有趣了。敌人还没有出动他们的战象部队呢。"

达龙耸了耸他那宽阔的双肩，漆黑的铠甲随即发出沉重的响声。

"应该是这样了。那个狡诈的拉杰特拉王子肯定想要在最艰苦的战斗中彻底利用我们。"

"很有可能。不仅如此，说不定他还会怂恿我们和敌军作战，等到双方都筋疲力尽时再来偷袭呢。"

那尔撒斯看上去反倒有些兴奋。

"你想出解决办法了吗？那尔撒斯。不对，问你这种问题太失礼了。拉杰特拉那种三流策士再怎么兴风作浪，也不过是在你这种贤者掌心中跳舞罢了。"

那尔撒斯轻轻摇了摇手。

"不要太抬举我了，达龙。这一战，也有必须根据具体情况随机应变的一面。因为我们猜不透拉杰特拉王子会在什么时间和场合打出哪手牌。"

"就是说，有必要盯紧他不放？"

达龙故意鸣响剑环，那尔撒斯脸上浮出一个坏笑。

"不，说不定给那小子留出些耍手段的余地更好。最近我一直等着看他能耍出什么花招来，都快等得不耐烦了。"

二人的交谈就在这里中断了，少年耶拉姆为那尔撒斯送来了可以在马上食用的午餐。

帕尔斯历三二一年的新年，在辛德拉国西北方的旷野上拉开了序幕。

这一年，亚尔斯兰倘若能安然无恙地活到九月，就要满十五岁了。

全军上下以帕尔斯传统方式庆祝了新年的降临。在新年最初的朝阳升起之前，全副武装的国王要只身走向一眼泉水，摘下头盔舀满清水。待到他返回营地时，会有一名将士代表向他献上一杯葡萄酒。这杯鲜红的葡萄酒象征着国王的血液。国王将这杯葡萄酒注入头盔中盛满的清水，制成"生命之水"，它的三分之一将被洒向天空，献给天上众神。三分之一将洒向大地，感谢大地前一年赐予的收获，并希冀新的一年五谷丰登。最后三分之一由国王一饮而尽，以示对众神和大地的诚心，以及祈愿能够分享到众神和大地永恒的生命。

将士代表由万骑长巴夫曼担任。在日历尚未翻到新的一年之前，众人已经确认好离此处最近的泉水所在。亚尔斯兰带着大鹰告死天使，独自启程前往泉水处，担心着他安危的达龙和法兰吉丝随即跟在他身后，保持距离暗中保护。幸好并没有出现袭击者，亚尔斯兰平安无事地完成了身为代理国王的义务。

亚尔斯兰将生命之水一饮而尽、从唇边拿下黄金头盔时，帕尔斯全军中响起了震天动地的欢呼。

　　"亚尔斯兰！亚尔斯兰！天空中闪耀的星辰，众神的宠儿啊，愿您以智慧和力量，带来国泰民安……"

　　回应着众人的欢呼声，亚尔斯兰高高举起黄金头盔。帕尔斯历三二一年的第一道阳光凝聚在他手中的头盔上，熠熠生辉。欢呼声再度响起，帕尔斯全军将士的铠甲沐浴在光芒之中，形成了一片波涛翻涌的光之海洋。

　　仪式结束后，新年贺宴便拉开了序幕，平日空无一人的旷野，此刻充满了欢声笑语。

　　当太阳升上中天之时，拉杰特拉王子从位于半法尔桑（约二点五公里）之外的辛德拉军阵地前来访问。此次他只带了约五十名护卫随行。

　　或许是对白马有着非同寻常的喜爱，拉杰特拉这一次的坐骑也是通体纯白。他注意到负责保卫亚尔斯兰大本营的黑衣骑士，便摆出一副自来熟的面孔上前寒暄。

　　"呀，帕尔斯的勇者，你年轻的主君还好吗？"

　　达龙沉默不语地施了一礼。若论本心，他只想一刀结果掉这个无法信赖的危险人物，彻底断绝后患。可那尔撒斯主张为了亚尔斯兰的将来，这种人要善加利用。

　　"就连毒蛇，需要守卫财宝的时候也派得上用场。你只要这么想就好了。"

话是没错，但也没有非要对毒蛇态度亲切的道理。因此，达龙就只对拉杰特拉保持了最低限度的礼仪。

话说回来，他明明是个辛德拉人，却用帕尔斯语流利地说出一连串"客套话"，这原本就很令人起疑。正当达龙这样想着，拉杰特拉已经握紧在他面前前来迎接的亚尔斯兰的手，拍拍他的肩膀，俨然把他当作朋友了。

亚尔斯兰在铺着毛毯、摆满美酒佳肴的帐篷中，热情款待辛德拉的王子。奇夫弹起琵琶，法兰吉丝奏响竖琴，一时间大家有说有笑。

"对了，我的朋友、我情同手足的兄弟亚尔斯兰殿下，此次我有一事想与你相商，才专程前来拜访……"

"无论何事，请您直说无妨。"

话音甫落，亚尔斯兰突然注意到拉杰特拉的表情，便命部下暂且退下。

待到室内只剩他们二人时，拉杰特拉拿过方才法兰吉丝靠着的坐垫，垫在自己的臀下，开始说明来意。

拉杰特拉提议亚尔斯兰，双方今后应采用分进合击的战术。毕竟再继续并行进军也没有什么意义。此时此刻，更应当对固守国都的卡迪威等人进行心理和军事上的双重威吓，使他们陷入恐慌。而要做到这一点，拉杰特拉和亚尔斯兰就应当分头行动……

"接下来……亚尔斯兰殿下，这样如何？我们来比试一下，看谁更快率兵抵达国都乌莱优鲁吧。"

"很有趣啊。那么，如果我先攻入国都，能得到什么奖励呢？"

看到亚尔斯兰表露出了兴趣，拉杰特拉心中暗自窃笑。他刻意呷了一口葡萄酒，空出片刻，随即试探道：

"听你这么说，想必是赞成我的提议了？"

"不，只凭我一人无法做出最终决定。"

看着亚尔斯兰认真回答的样子，拉杰特拉表情错愕。

"你说你无法决定，亚尔斯兰殿下，你不是帕尔斯的王太子吗？"

"的确如此。但是这件事在我和部下们商量之前，无法给您明确的答复。"

拉杰特拉咂了咂舌。他放下手中的银杯，刻意压低声音说道："亚尔斯兰殿下，作为友人，作为情同手足的兄弟，我需要给你一个忠告，最好不要让部下过于得寸进尺。你可是他们的主君。主君一旦下令，部下就要遵命。只有这样，才能够维持人间的秩序。如果事事都要征求部下的意见，他们可就会得寸进尺，不把主君放在眼里喽。"

拉杰特拉佯装善意在亚尔斯兰耳畔不断煽动挑拨，但少年不为所动。

"感谢您的忠告。可是，每当不知该怎样做才好的时候，我都会去找部下们商量。他们比我拥有更多的智慧和力量。首先，如果没有他们的帮助，或许我就已经死去好几次了。"

"就算你这么说……"

"他们在形式上是我的部下，事实上却是我的恩人。明明丢下我不管对他们更有利，他们每个人却都在竭尽全力扶持我。请让我征询过他们的意见之后再给您答复。"

"唔……"

拉杰特拉扫兴地沉默了。亚尔斯兰把他留在帐篷里，独自走了出去。达龙等人正坐在五十加斯（约五十米）之外的岩石阴影下说着话，看到王太子前来纷纷站了起来。亚尔斯兰把方才拉杰特拉的提议连同他多余的忠告一起向部下们复述了一遍，并询问他们的意见。

"那么，我该如何答复拉杰特拉大人呢？首先我想听听达龙的意见。"

黑衣骑士的回答简单明快：

"我认为您应当拒绝。"

"为什么？"

"或许是我对拉杰特拉王子抱有偏见。但是，大家想必也看穿了此人的企图。拉杰特拉王子恐怕是想让我们帕尔斯军单独行动，再将我们当做诱饵加以利用吧。"

亚尔斯兰微微蹙了蹙眉。他默默地用那双如晴朗夜空色的眼睛望向奇夫。未来的宫廷乐师用力点了点头。

"我也这么觉得。这确实是那位白马王子才耍得出来的花招。一旦我们沿着别的路线开始进军，估计拉杰特拉那小子立刻就会派密使去见卡迪威，热情地把我们的进军路线透露给对方。"

奇夫斩钉截铁地断言后，随即将视线转向美丽的黑发女神官：

"怎么样，法兰吉丝小姐也和我想的一样吧？"

"会与你想法一致，实在是令人很不愉快。"法兰吉丝态度冷淡，却并未否定奇夫的意见，"我也和达龙大人以及各位的看法相同。如果卡迪威王子派主力军迎战帕尔斯军，防守国都的兵力就会变得薄弱，卡迪威军主力的行动也会变得更容易预测。到那时，无论径直向国都进军，还是从卡迪威军的侧面或背后偷袭，都将易如反掌。拉杰特拉王子一定要笑得合不拢嘴了。"

亚尔斯兰王子双臂交叠陷入沉思，随后，他将视线转向戴拉姆前任领主。

"我想听听那尔撒斯的看法。"

"那么，我首先想祝贺殿下。"

那尔撒斯意想不到的回答令亚尔斯兰吃了一惊。只听他笑着解释道：

"看来殿下的部下中，一个'傻瓜'都没有。达龙、奇夫、法兰吉丝的看法都一针见血地切中了要害。拉杰特拉王子真正想做的就是要彻底地利用我们帕尔斯军。我早就料到他总有一天会提出这个要求。"

亚尔斯兰偏了偏头。

"那么，就是说我应该拒绝拉杰特拉的这个提议？"

"不，请您答应他，殿下。"

不仅是亚尔斯兰，所有人的视线一瞬间都集中到了那尔撒斯身上。

"我来说明一下理由。拉杰特拉王子此人毫无廉耻之心，若与这种人同行，不知什么时候就会被他从背后捅上一刀。依我所看，倒不如借对方主动提议之机，与他保持距离行动为好。"

"我明白了，那就这样做吧。"

"不过，我觉得还要再附加一些条件。请殿下向对方索要充足的粮食、搬运粮草的牛马、足够详尽的地图以及一名可信的向导。"

亚尔斯兰的嘴角不由得露出一抹笑容。

"这会不会有点太贪心了？"

"不，向他索取得越多越好。拉杰特拉王子是一个贪婪的人，殿下在他面前表现得越贪婪，他越安心。"

贪婪的人最为恐惧的就是无欲无求的人。因此，还是诱导他把自己当成同类，让他掉以轻心比较好。况且，粮食和地图无论如何都是必要的。只要当场借来拉杰特拉随身携带的地图临摹一遍，以防拿到假地图就好了。

"除此之外，还请殿下仔细问清拉杰特拉王子预计进军的路线。然后再派密使将这条路线告知卡迪威王子，应该就没问题了。"

"可是，这样做是不是有点过分了？"亚尔斯兰有些犹豫。

奇夫忍不住低声嘟囔——真是个老好人啊。

"您不必担心。反正拉杰特拉王子也不会如实回答。如此一来，从结果上来说反而会迷惑卡迪威军。"

"卡迪威恐怕会相当困惑，不知该将主力部队派往何方吧。若他分兵两路出击，我方就可将其分头击破。若他固守国都畏缩不前，我方即可不受妨碍顺利向国都进军。无论对方如何决定，亚尔斯兰和帕尔斯军都不会遭受任何损失。一旦双方开始交战，到时也只需重新拟定战术就可以了。"那尔撒斯如是说明。亚尔斯兰听从了部下们的意见。

II

一月三日，亚尔斯兰与拉杰特拉分道扬镳，率军向北方山地进发。拉杰特拉满足了亚尔斯兰提出的全部要求，只是口中一直不情不愿地念念有词。

行军途中，亚尔斯兰向与自己并肩策马前行的那尔撒斯请教如何为王如何为将。

"从前，有一位勇敢的国王。"

那尔撒斯讲了一个故事。

有一次，这位国王率领五万士兵远征。在越过边境的雪山持续作战的途中，粮草告竭，士兵们饱受饥饿之苦。国王目睹士兵们的痛苦流下了眼泪，将自己的饭菜分给了士兵们……

"您认为这位国王的做法如何呢，殿下？"

亚尔斯兰迟疑了一瞬间，因为他从那尔撒斯的表情和语气中，感到他对这个国王的做法是持批判态度的，但他并不清楚理由所在。最后，亚尔斯兰还是诚实地说出了自己的看法：

"我觉得这位国王很棒。看不下去士兵们忍饥挨饿，就把自己的饭菜分给他们，这不是相当难得的吗？虽然那尔撒斯你似乎不这么认为。"

那尔撒斯微笑着点了点头。

"殿下，您虽然看出了我的想法，却还是诚实地说出自己的看法。所以我也诚实说说我的看法吧。这位国王是一个没有资格坐上王位的卑鄙懦夫。"

"为什么？"

"这位国王犯下了两宗大罪。第一，他没有预先准备好五万士兵必需的粮食，导致士兵们挨饿。第二，他把自己的一份饭菜分给了很少几个人，让其余众多士兵仍然继续挨饿。

"也就是说，首先这个国王非常懒惰，其次行事不公。而且，他还通过把饭菜分给极少数士兵的做法，陶醉在自己的慈爱之中，试图借此逃避众多士兵挨饿的责任。这就是他的卑鄙怯懦之处。您懂了吗？"

"我好像懂了。"亚尔斯兰一边认真思考，一边答道，"就是说，身为一国之王，绝不能让士兵们忍饥挨饿。如果会让士兵们挨饿，原本就不应该出征。"

"没错。有资格指挥五万士兵的人，应该是能够预先为五万士兵准备好足够口粮的人。至于在战场上的用兵和武勇，都是之后的事情了……"

平稳的行军持续了大约两天。偶尔停在山路边上休息时，那尔撒斯就会拿出纸笔开始描绘风景，但他绝不让耶拉姆之外的人看到自己的作品。

因此，即使没有达龙的宣传，一行人也对那尔撒斯的绘画才能产生了极度的怀疑——唯有那位用天蓝色头巾裹起一头泛红秀发的轴德族少女例外：

"既然是那尔撒斯，画技绝对很棒啊。我好想请那尔撒斯为我画幅肖像呢！"

听闻此言，达龙忍不住打量起亚尔佛莉德的面孔。

"无知者无畏啊。"

顺带一提，对于那尔撒斯的画技，身为最能证明的人耶拉姆是这样说的："如果那尔撒斯大人连绘画都天赋异禀的话，反而不可救药了。他现在的绘画水平刚好合适。"

"这话听起来不像是赞扬啊。"法兰吉丝认真地评论道。

亚尔斯兰也想过，既然已经任命那尔撒斯为未来的宫廷画家了，还是希望得知他绘画的真实水平。但与此同时他又觉得，只要能让那尔撒斯为自己画下肖像就足够了，至于画得好坏并不是问题。亚尔斯兰崇拜的是那尔撒斯的智谋，对他的绘画才能从未抱有太多幻想。

作为战争一方的当事者，身在辛德拉国都的卡迪威王子实在是非常幸运。事实上，很少有人如此幸运。他的对手直接把今后的行动计划表为他送上门来了——而且还是两份。拉杰特拉和帕尔斯国的王太子，各自派密使送来了另一方的行动计划。

"他们到底打算做什么啊？"

卡迪威困惑不已。只要是正常人都无法对如此诡异的情况不感到困惑。于是他连忙派人去侦察，却只证实了敌人的确已经兵分两路，至于未来的事情，他完全无法判断敌人主动送来的情报可信到什么程度，而将军们的意见也分歧不一。

"我们应该首先击败帕尔斯军。他们兵力很少，只有一万人左右，而拉杰特拉倘若失去援军也一定会大伤元气。不管帕尔斯军多么强悍，只要率三万人的悬殊兵力将其压倒应当可以取胜。"

"不，首先应当集中我军全部兵力，击败拉杰特拉王子所率主力。如此一来，帕尔斯军就会像被斩断树根的大树一样，不需特意砍伐也会自然枯萎。应该先讨伐拉杰特拉。"

"可是，如果帕尔斯军趁我军与拉杰特拉军交战之隙突袭国都，又该如何是好？帕尔斯骑兵的行军速度是近邻诸国骑兵所无法相比的。还是先解决掉他们再去讨伐拉杰特拉比较妥当。"

"索性先坚守国都按兵不动，静观对方动向后再议。反正他们总会攻向国都的。"

"但是这样一来，国都之外的地区都要在拉杰特拉的马蹄之下被践踏了。我军兵力总计十八万，拉杰特拉那厮的部队加上帕尔斯军总数不过区区六万。畏惧比我军总数少得多的敌人而闭门不出，实在令人汗颜。不，只怕那样才遂了敌人的心意。"

将军们各持己见争论不休，始终无法达成共识。每个人都举出足够合理的论据来支撑自己的意见，令卡迪威王子难以下决心听从哪一方。

"马赫德拉啊，索性将我军兵分三路吧。一路守卫国都，一路攻击拉杰特拉所率主力，一路去讨伐帕尔斯军。你看如何？"

"殿下，您是在开玩笑吧？"

马赫德拉苦涩地看着正向自己征求意见的女婿。他是一名体格健壮的中年男人，白色头巾与下巴上的三角形黑色胡须令人印象深刻。此人比卡迪威和拉杰特拉更具气质和魄力，已经作为世袭宰相执掌辛德拉国国政二十年之久。虽然他常常在与帕尔斯的战争中陷入被动，但在内政、外交、军事等领域都取得了还算说得过去的成绩。

"如果将部队兵分三路，我军难得在数量上占有的优势也荡然无存了。万万不可兵力分散，唯有集中力量在一点才能发挥出作用。"

马赫德拉斩钉截铁地断言。卡迪威也赞同他的看法，然而最大的难题就是究竟该将他们所拥有的力量集中在哪个方向。能够确定的就只有一点——绝不能对同父异母兄弟拉杰特拉掉以轻心。

"必须时常在国都留驻最低限度的兵力，并将其余兵力集中于一处，在必要之时派往必要的地点。粮草与武器也都应集中贮存于此处。"

"原来如此，我懂了。马赫德拉，你的确堪称一名智者。你能成为我的宰相、我的岳父，对我来说实乃一桩幸事。只要有你在，辛德拉的国土不容拉杰特拉染指寸土。"卡迪威由衷地称赞自己的岳父。

马赫德拉之女莎莉玛，是一位有着"拉克休美女神的天命之女"之称的美女，曾吸引以拉杰特拉为首的无数人向她求婚。而卡迪威在众多求婚者中被选中——不是被莎莉玛本人，而是被马赫德拉，成了她的夫君。因此，马赫德拉可谓是他婚姻上的恩人。

"您过奖了，臣不胜惶恐，'陛下'。"

马赫德拉极其巧妙地将奉承伪装成口误。他的脸上，可靠而又略带诡异的微笑若隐若现。倘若他的女婿登基为王，作为王妃之父，他的权势和地位就将更上一层了。

"除此之外，殿下，臣已派一名族人潜入拉杰特拉军中。此人相当伶俐能干，不久后必将为殿下带回喜讯。眼下还请殿下心平气和地暂时等待。"

世袭宰相沉稳的声音，终于使卡迪威重归冷静。

随帕尔斯军一同沿山路前进的亚尔斯兰，再次向那尔撒斯询问目前的状况。

"这么说来，那尔撒斯觉得拉杰特拉殿下是打算好好利用我们帕尔斯军了，对吧？"

"正是这样。不过，其实他是没有办法彻底利用我军的。"

"为什么？"

"如果我军漂亮地击败了卡迪威军，那扬名四方的是我们帕尔斯军，而不是他拉杰特拉。以那位仁兄的立场而言，为了登上辛德拉的王位，他需要获得足够多的声誉才行。"

与二人策马并肩前行的奇夫坏笑了起来。

"就是说，只要我们赢一次，拉杰特拉就会沉不住气，为了立下战功开始行动了。对吧，军师大人？"

"没错。不仅如此，恐怕身在国都的卡迪威王子也无法继续保持冷静了。"

两位王子原本就是出于自身欲望以及相互反感而对立的，所以帕尔斯军在军事上取得的成功一定会刺激到他们。近期帕尔斯军作战中获得的胜利，已不仅仅是单纯的局部胜利了，它将关系到辛德拉整个国家的命运。

拉杰特拉派来担任帕尔斯军向导的青年名叫加斯旺德。此人年纪与奇夫相近，有着褐色的肌肤和玛瑙色的眼瞳，身姿像黑豹一样敏捷，能说一口流利的帕尔斯语。虽然到目前为止他都很好地履行了向导的职责，但亚尔斯兰的部下们仍未完全信任他。

"那个人相当擅长剑术啊。"

某日，达龙看到加斯旺德的动作自言自语道，那尔撒斯看似若无其事地轻抚着自己的下巴。

"能得到你的认可，看来他的身手不简单。"

"该不会是刺客吧？"

达龙压低了声音。他害怕加斯旺德是受拉杰特拉之命，为暗杀亚尔斯兰而伪装成向导潜入帕尔斯军的。那尔撒斯点点头，肯定了好友的洞察。

"很有可能。只是我还在担心另一种可能性。"

"你是指什么？"

"拉杰特拉把一名危险人物丢给我方的可能性。"

只说了这一句话，那尔撒斯便缄口不语，继续沉浸在自己的思绪之中。

III

"与拉杰特拉王子结盟的一万帕尔斯军正沿山路向东进军，预计再过一两天就能抵达这座城了。"

消息是在一月底传到古加拉特城的。

古加拉特城扼住了北方山地通往国都乌莱优鲁的咽喉，是军事要冲。

城主戈宾将军手下另有两名副城主——普拉肯欣将军和塔拉将军。城中配有骑兵四千、步兵八千，论数量足以与帕尔斯军对抗。此外，要塞本身四周建有高耸厚重的城墙，墙外环绕着深不见底的护城河，城内备有投石器，攻陷此城绝非易事。

"固守城中虽然易如反掌，但还是让我见识一下帕尔斯军的实力吧。"

在戈宾的指示下，普拉肯欣将军率一千五百名骑兵和三千名步兵出城迎战。

在古加拉特城西，（以帕尔斯单位而言）一法尔桑（约五公里）开外的道路上，两军初次交锋。

普拉肯欣将军身高体壮，骑在巨大的战马背上，像挥舞短剑一样轻松地挥着大刀，冲入帕尔斯军中，犹如拨开小树枝一样轻巧地将帕尔斯骑兵刺到他面前的长枪一一拨开。或许是恐惧他惊人的腕力，平素精悍的帕尔斯骑兵在他面前让开了一条路。

普拉肯欣挥舞着大刀，径直朝亚尔斯兰冲了过去。正当他逼近亚尔斯兰时，一名黑衣黑马的骑士突然跃马前来，挡住了他的去路。来人通体漆黑，只有披风被风掀起时露出的衬里，像被鲜血染过般的殷红。

"别挡路，闪开！"

普拉肯欣用自己仅会说的几句帕尔斯语大声咆哮。黑衣骑士淡然答道:"帕尔斯的王太子殿下怎会与你这种区区辛德拉黑狗交手。乖乖被我斩杀吧,那样我还能带着你的首级前去面见殿下。"

"闭嘴!"

普拉肯欣的大刀反射着阳光向黑衣骑士达龙头顶斩落——看上去似乎是这样。同一瞬间,另一道闪光划过了敌对双方的视野。

达龙的长剑将普拉肯欣握着大刀的粗壮手臂一刀两断,并迅速深深刺入他的右耳下方。

素有猛将威名的普拉肯欣转眼化作一具尸体,辛德拉军大为混乱。

辛德拉军逃回城中,紧紧关闭了城门。领教了以达龙为首的帕尔斯军的勇猛,戈宾和塔拉都不禁心生怯意。他们决定改变战术,躲在城中争取时间,等待国都派来援军。方法虽然简单,却切实可行。

未来的帕尔斯宫廷画家向年轻的主君讲述了自己的意见。

"攻城的办法有很多种,但我们不能在这里浪费太多时间。看来有必要让敌人再挣扎一下。"

"该怎样做才好呢?"

"这样就好了。"

二月一日,一名帕尔斯军派来的使者策马来到古加拉特城门前,大声呼叫士兵们开门。这名使者是一位容貌俊美的青年,有着红紫色头发和深蓝色眼睛。他还带着一名翻译兼向导的辛德拉年轻人，二人全部的武器只有一柄长剑。这位使者就是奇夫，而他的随从则是加斯旺德。

奇夫一脸无辜，单手抱着竖琴，走进城内的大厅。若以辛德拉的方式来形容，他简直是一位"如同银月一般"的美青年，因此这个消息在城中一传开，城中的女人甚至忘记了可能会招致男人不悦，纷纷前来目不转睛地盯着这位来自异国的美男子。

奇夫一边向女性释放着魅力，一边来到戈宾将军面前，劝说这位仿佛咬碎了黄连般满脸愁容的辛德拉武将不用流一滴血开城投降。

"当然不会让你们白白投降的。拉杰特拉王子表示，一旦他戴上辛德拉的王冠，必将厚待两位将军。两位将军不妨趁此良机提出要求，无论地位还是领地，王子都一定会满足你们。"

反正是慷他人之慨，奇夫的承诺极其豪爽大方。

戈宾和塔拉没有立刻回答。他们当然隶属于卡迪威王子一派，然而刚刚已领教过与拉杰特拉王子结盟的帕尔斯军的强悍，加上他们也有自身的欲望。俩人为使者奇夫设宴，并从城中召来十名美女劝酒，趁这段时间他们在另一个房间中商量该如何抉择。正在此时，一个人悄悄来到他们面前。

此人便是与奇夫一同前来的辛德拉的翻译加斯旺德。加斯旺德将食指竖在唇边，低声告诉两位面露惊疑之色的将军，自己是他们的同胞。

"事出突然，或许二位一时难以相信。他是帕尔斯人，而我是辛德拉的国民，还请两位将军务必信我所言。"

"好，你说吧。我们姑且先听听看。"

于是，加斯旺德压低声音对二人说了如下一段话。

拉杰特拉王子希望两名将军投诚己方一事，纯属无稽之谈。倘若被欲望蒙蔽双眼开城投降，一定立刻就会被抓起来斩首。这一点姑且不论，帕尔斯军提出这番要求，无非是为了让两位将军掉以轻心。他们计划趁夜深人静悄悄通过古加拉特城附近，进军国都。骑兵主力部队会走在前面，运输粮草的辎重部队紧随其后。此时辛德拉军应当静待骑兵部队通过，再袭击他们的辎重部队。无论帕尔斯军有多强悍，失去粮草供给便无法战斗，只得客死异乡。如此一来，卡迪威王子一定会褒奖两位将军的功绩。

"其实，我是世袭宰相马赫德拉大人的族人，奉马赫德拉大人之命接近拉杰特拉，获取了他的信任。还请两位将军一定协助我完成这个计划。"

加斯旺德坦白了自己的真实身份，并从头巾中取出带有马赫德拉署名的身份证，于是戈宾和塔拉相信了他。仨人反复商讨了各种细节。塔拉提议将帕尔斯使者奇夫当场斩杀，然而为使帕尔斯军放松警惕，他们最终还是决定放奇夫活着回去。

奇夫在美女和美酒的包围中弹起竖琴，显现出浪子的风流本色。但他听到城主戈宾将军说"明天给你答复"后，便站起身来，热情地与城主握手，并和每一名美女拥抱话别。仅仅如此，辛德拉人就已经相当不愉快了，而他们事后才知道，几乎所有美女都把自己的戒指、手镯或耳环送给了奇夫。塔拉等人不禁从心底后悔不该放他活着回去。只是，这份后悔并没能持续到第二天。

当天深夜，帕尔斯军悄悄拔营，一路向东前进。士兵们在口中含着棉花，又用毛巾将马嘴绑住，小心翼翼地不出任何声响。

原本应该在最前面带路的加斯旺德不知何时出现在骑兵部队的后方。他从黑暗中眺望着骑兵队前行的背影，露出了诡异的微笑。

他蹲在大树的阴影里，从衣服中取出一支细长的烟花，刚要点火，突然背后传来了声音。

"这么晚还在工作真是令人敬佩啊，加斯旺德。"

年轻的辛德拉人一下子弹跳起来，转过高挑的身躯。待他看清眼前的人影，忍不住咽了一口口水。

"奇……奇夫大人……"

"没错，正是辛德拉男人的天敌——奇夫大人。所以，你在这种地方干什么？"

"您是指……"

"你正准备向辛德拉军发出偷袭的信号吧。真是让人放不下心的黑猫，是想在你自己的尾巴上点火吗？"

"等一下，请您听我说！"

加斯旺德大叫着向身后跳去。晚风呼啸着，加斯旺德褐色的前额上渗出了一道细细的血痕。

"哼哼，身手还不错嘛。"

奇夫重新举起剑，反而开心地笑了起来。他方才突然出手袭击，却被加斯旺德闪过，剑头只微微掠过他的额头。

加斯旺德丢掉烟花，拔剑出鞘。他意识到辩解已经没有用了。帕尔斯军似乎已经发觉了他的真实身份。只有靠一己之力逃脱险境了。

奇夫如滑行般欠身上前，再次一剑斩下。加斯旺德在自己眼前险险挡开了这一剑。一瞬间，四散飞溅的火花照亮了俩人的面孔，两名剑士目光交错。加斯旺德漆黑的双眼中蕴含着紧张和失望，奇夫深蓝色双眼中则浮现出大胆的笑意。

双方都一言不发，苍白的月光下，只有刃锋碰撞的声音在静寂中回响。二人的剑术不相伯仲，动作也同样敏捷而柔软。两个身影前后左右舞动翻飞，不断躲避着对方的突刺和斩击。交战难舍难分，就像会永远持续下去一样。然而或许是精神上不够从容，奇夫故意露出一个破绽，加斯旺德果然上了钩。他向前跨出一大步正欲举剑斩下，奇夫灵敏地躲过了这一剑，趁加斯旺德失去平衡脚下不稳的一瞬间，挥起剑脊拍上了他的颈项。

辛德拉的年轻剑士脸朝下一头栽倒在地，意识沉入了黑暗。与此同时，和他共谋的辛德拉军正藏身在城外森林中，屏息凝神，注视着帕尔斯军主力通过夜色中的大路。

亚尔斯兰王子的黄金头盔在微弱的月光下清晰可见。而与他并肩策马前行的黑衣骑士，想必就是前一天那位将普拉肯欣一刀斩落马下的勇士。

"唔，亚尔斯兰王子和那个黑衣骑士都往前走很远了。看来今夜的作战成功了。"

然而事实上，那名头戴黄金头盔的少年却是耶拉姆，一袭黑衣状似达龙的骑士也是由一名体格健硕的骑兵装扮。然而，月光下根本无法看得那么仔细。

辛德拉军认定帕尔斯引以为傲的一万骑兵已经完全将辎重队甩在了身后，于是不等加斯旺德发出信号，就朝随后沿夜路缓缓驶来的整群牛车、马车伸出了獠牙利爪。指挥官一声令下，他们便猛扑了上去。

"冲啊，把他们的粮食全抢过来！"

辛德拉军纷纷举起长枪，冲向帕尔斯军辎重队。深夜中霎时涌起马蹄的轰鸣，帕尔斯军辎重队似乎被吓破了胆，停在原地一动不动。

然而辛德拉军对胜利的确信却在下一秒土崩瓦解了。盖在运粮牛车上的厚布被掀起来，藏身其中的士兵们张弓瞄准突袭而来的辛德拉军，乱箭齐发。

辛德拉军人仰马翻成片倒下，哀号之声不绝于耳，尸首转眼已经堆成小山。

"可恶，中计了！"

尽管愤怒不已，也只能说是上钩方的责任。既然已经在智谋上输了一局，那就只有靠武力亡羊补牢了。戈宾望着在箭雨中毫无抵抗之力、像泥人般被纷纷射杀的士兵，愤然冲入敌阵。在月光下，他发现了一名骑在马上指挥士兵们的少年的身影。那才是真正的帕尔斯王太子，不是吗？

"帕尔斯的黄口小儿，给我站住别动！"

戈宾挥起长枪，径直冲向亚尔斯兰。与此同时，一名站在亚尔斯兰身畔的士兵远远地投出手中长枪，准确地刺穿了戈宾的咽喉。

戈宾无声无息地断了气，重重滚落在地，发出一声巨响。

在昏暗的月色之下，还能将投枪的准头和威力发挥得如此骇人的，当然除却达龙再无他人。原来他也假扮成一名普通士兵，藏身在辎重队中。

与此同时，塔拉将军的部下也被接二连三射杀，最后只留下他独自与法兰吉丝对峙。

塔拉发出像水牛一样的咆哮声，挥起大剑，向法兰吉丝头顶斩落。美丽的女神官宛若一阵清风，轻巧地避过了这充满压迫力的一剑，抬手还击。只见剑光斜斜一闪，不偏不倚斩断了辛德拉猛将的颈部要害，鲜血喷涌而出，在月光下泛起一种诡异的蓝色。

戈宾和塔拉相继被杀，失去了指挥官的辛德拉军瞬间如雪崩般溃散。正在此时，巴夫曼算准了时机率帕尔斯骑兵队掉头猛冲过来，辛德拉军留下两千余具尸体，朝城门方向落荒而逃。他们本想回到城中，然而此刻城门早已被那尔撒斯和奇夫的部队占领。只见城墙上箭如雨下，辛德拉的士兵丢下武器和铠甲，纷纷朝着没有敌人的方向抱头鼠窜。

于是，古加拉特城就这样落入了帕尔斯军手中。

Ⅳ

"什么，攻防战只持续了三天，古加拉特城就陷落了？"

噩耗传到国都乌莱优鲁，卡迪威失手把盛满椰子酒的象牙大杯掉落在地。

"是……是怎么回事，马赫德拉？"

"没有怎么回事。古加拉特是防守国都北部的要冲，既然被帕尔斯军夺去，便只有将其夺回一条路。倘若拉杰特拉王子率军赶往那里与帕尔斯军会合，再要攻下此城就难于登天了。请您趁敌军尚未集中兵力前尽快行动。"

"是吗？我知道了。"

一旦定下作战目标，卡迪威就不再显得慌乱无措了。他立刻返回自己的房间，冲了个冷水澡驱赶走醉意，披盔戴甲，下令出兵。

马赫德拉此刻已将部队整编完毕。二月五日，卡迪威率十五万大军从国都出发，王子本人身披白金盔甲，上面镶有三百余颗宝石，身下指挥座被固定在一头白色巨象的背上。此外军中另有五百头战象。枪剑林立，形成一条又宽又长的带状队列，穿过辛德拉的原野北上进军。

与此同时，在帕尔斯军占领的古加拉特城中，加斯旺德被五花大绑带到了亚尔斯兰面前。他并未摇尾乞怜。

"我是辛德拉人，不能把自己的祖国出卖给帕尔斯人。我不是背叛帕尔斯，只是对辛德拉尽忠而已。快杀了我。"

"那就如你所愿。"

奇夫拔剑出鞘，缓缓绕到加斯旺德背后。

"斩下你的首级之后，我会为你献上一首悲壮绝美的四行诗。把它带到那个世界向辛德拉的众神们炫耀去吧。"

利刃高高举起的瞬间，只听一声大叫传来。那是亚尔斯兰的劝阻声。

"刀下留人，奇夫！"

似乎早已料到王太子会出面阻止，奇夫手中的剑停在半空中，略带嘲讽地看着王太子。

"哎呀，我就猜到您会这么说。既然殿下有令，我就收剑，只希望您日后不会后悔。"

听闻奇夫此言，亚尔斯兰面上浮现出深感困惑的神色。亚尔斯兰只是单纯出于怜悯才想饶加斯旺德一命，但他也没有把握加斯旺德将来绝不会恩将仇报。亚尔斯兰个人的安危姑且不论，或许还会祸及他重要的部下们也说不定。身居上位，亚尔斯兰肩负的责任极其重大。

最后，亚尔斯兰还是释放了加斯旺德。因为那尔撒斯从一旁提议"依我看来，此事应该不至于酿成连我的力量也难以挽回的大祸。这一次就如殿下所愿吧"。被松开绑绳的加斯旺德看都不看亚尔斯兰一眼，只是傲然注视着正前方，昂首阔步向岩山另一侧走去。目送着他的背影，亚尔斯兰略有些缺乏自信地望向军师。

"谢谢你，那尔撒斯。只是这样做真的好吗？"

"恕我直言，您这样有些天真，不过也还好吧。问题在于卡迪威是否还能够接受他呢。"看到亚尔斯兰不解地偏了偏头，那尔撒斯便补充解释道，"现在古加拉特城陷落的责任就落在加斯旺德身上了。而卡迪威对此又会怎么想呢？"

那尔撒斯不认为卡迪威会比亚尔斯兰更加善良，但他并没有把这句话说出口。只是虽然不知什么原因，但那个人似乎太急于立战功了。若是为了瞒过那尔撒斯的双眼，本应将区区一个古加拉特城故意作为代价牺牲掉才对。

亚尔斯兰感叹着那尔撒斯的神机妙算，与此同时，他也不禁感到不可思议。倘若加斯旺德没有将帕尔斯军最初的行动计划出卖给辛德拉军，这个计策就不可能成功。可是那尔撒斯为何能事先料到加斯旺德会叛变呢？

"我也没有信心断定他一定会背叛。总而言之，我预先准备了好几套方案，而这次不过是用到了其中一个。"

那尔撒斯首先针对加斯旺德叛变或没有叛变两种情况，事先各考虑了一套应对方案。然后，他又假设了加斯旺德是拉杰特拉派来的刺客，只是一名单纯的向导，是从卡迪威的阵营中潜入拉杰特拉阵营的间谍这第三种情况。接下来，他又分别设想了假如加斯旺德是卡迪威派来的间谍，拉杰特拉对此知情或不知情这两种情况。如此这般，那尔撒斯枚举了超过二十种可能性，并想好了应对其中任何一种情况的方案，而今夜只不过是用上了其中一个而已。

"纠结向左还是向右，不是那尔撒斯的行事风格。我一贯的做法是如果向左就这样走，向右就那样走，针对每一种情况一直设想到结局为止。"戴拉姆的旧领主如是说道。

捡回一条命重获自由的加斯旺德，经过了整整三天艰苦的徒步，才找到卡迪威王子率领的大部队。他欣喜地上前表明了身份，但士兵们完全没有对他表现出敬意或者好感，还突然用枪柄将他打倒在地、紧紧绑起来拖到卡迪威面前。加斯旺德顶着一张风尘仆仆的脸孔，瞪着充满血丝的双眼大声抗议。

"卡迪威殿下，您为什么这样对待我。我明明是全心全意在为殿下尽忠啊！"

"闭嘴，你这叛徒，还有什么脸面出现在我眼前！"

卡迪威尖锐刻薄的话语像利刃般狠狠刺在加斯旺德的胸口。

"你不是与帕尔斯军私通款曲，把古加拉特城献给他们了吗？有好几个人可以作证，你装作一副忠义的样子，诱骗戈宾他们出城！"

"那……那是……虽然羞于启齿，但我也是中了帕尔斯人的奸计，绝对没有和他们共谋。假如我和敌军串通一气，现在我怎么还会回到殿下面前来呢？难道不是正应该在帕尔斯军营中与他们交杯庆祝吗？"

听到加斯旺德的辩白，卡迪威一时间难以反驳。

"殿下，您会动怒是理所当然的。但此人乃是我的族人，迄今为止也曾立下过不少功劳。还请您宽宏大量，赐他一个将功赎罪的机会……"马赫德拉说，深深低下头来。

卡迪威虽然怒不可遏，却无法对岳父的请求置之不理。他大口喘着粗气，狠狠瞪着加斯旺德。

"好，看在世袭宰相的面上，破例饶你一次，暂时先把你的头留在脖子上。不过，只要今后你再做出一点令人生疑的举动……"

加斯旺德强压内心的激动，匍匐谢恩。正当此时，一名负责侦察的骑兵脸色大变地冲进卡迪威的大本营。

骑兵带来的消息令卡迪威和马赫德拉都大为震惊。

拉杰特拉王子突然率五万主力部队向东方进军，现已抵达卡迪威军眼下所在地与国都乌莱优鲁之间的地带，并扎营阻断了道路。

状况变得相当微妙。

亚尔斯兰率帕尔斯军驻扎在古加拉特城内，卡迪威和马赫德拉的部队位于其南边。再往南则驻扎着拉杰特拉军，而从拉杰特拉军目前的驻地继续向南，便是国都乌莱优鲁。

对立双方阵营的兵力被各自一分为二。卡迪威看似被敌军从南北两个方向包围夹击，但他所拥有的兵力却比敌军两股兵力的总和还要更胜一筹，因此他也可以将被截断在南北两方的敌人逐一击破。然而如此一来，他的背后便产生了空隙，况且还有三万士兵被他留在国都。位于最北方的帕尔斯军和最南方的国都乌莱优鲁军，各自都被敌军切断了与主力的联系，陷入了孤立状态。两边阵营都面对着同样的困境。

"看来战况似乎变成我预想中最荒谬的状态了。"

听到侦察队的报告，那尔撒斯边看地图，边轻抚着一侧脸颊。他原本期待卡迪威与拉杰特拉能在国都以北的道路上狭路相逢展开决战的。

"你想得似乎也太美了吧。"

万骑长巴夫曼用沉重的口气嘲讽。那尔撒斯并未反驳。

"老将军所言极是。"

那尔撒斯坦率地承认，随即露出大胆的微笑。

"但是，情况很快就真的会像我想的那么美了。因为他们原本就是为了交战而出兵的。依我看来，最多再过三天，卡迪威就会下定决心与拉杰特拉决一死战。"

那尔撒斯口气轻描淡写却又斩钉截铁。帕尔斯军已经做好准备，随时都能出城迎战。指挥则由巴夫曼全权负责。

这一夜，正式会议结束后，达龙和那尔撒斯回到房间里，继续讨论今后的作战策略。

那尔撒斯面前摆着两碟食物，分别是耶拉姆做的羊肉炒饭和亚尔佛莉德做的烤面包片夹鸡肉。耶拉姆和亚尔佛莉德似乎总是针锋相对，幸好他们还没有做出同一道菜让那尔撒斯为难，这一点还算幸运。不过，到底该从哪边先开始吃起，这又是一个令人头疼的难题了。

"你其实希望敌人索性快点进攻过来吧，那尔撒斯？"

达龙虽是在戏弄那尔撒斯，但事实完全被他说中了，那尔撒斯沉默着未出言反驳。他将视线久久地落在辛德拉的地图上，表情极其暧昧。过去在宫中，他曾与数名宫女传出过绯闻，这次却不能当做玩玩。那尔撒斯对耶拉姆的未来负有责任，况且他也不能丢下亚尔佛莉德不理。

话说回来，以帕尔斯传统社会制度而言，亚尔斯兰与耶拉姆的身份天差地别。但与此同时，二人又是生死与共的挚友，还是师兄弟。他们一起向那尔撒斯学习治国理政和用兵之道，向达龙学习剑法和弓术。对两位老师来说，他俩都是优秀的学生。

"如果将来亚尔斯兰殿下登基为王，耶拉姆在他身边辅佐的话，国家一定会被他们治理得井井有条。"

听到达龙对未来的畅想，那尔撒斯并未将视线从辛德拉地图上移开，只是喃喃答道：

"是啊。希望最晚能在十年之内变成这样。到那时，你我二人就能从尘世中解脱出来了吧。"

得到解脱之后，他们会去做什么呢。那尔撒斯想必会以画圣马尼再世为目标，拿起画笔泼墨挥毫吧。而达龙，或许会为追寻曾一度错失的恋情而再次前往绢之国吧。二人各自想象着挚友的未来，却绝不会纠缠追问，只是相互认同着彼此的存在。

同一时刻，比他们更为青涩的十四岁少年也任凭思绪飞向自己的过去、现在和未来。亚尔斯兰靠在暂时属于他的古加拉特城外墙上，沐浴着异国的星光，独自——不，准确说是和鹰一起，陷入了沉思。大鹰告死天使依偎在王子的肩头，双眼闪闪发光，仿佛在保护着这位没有翅膀的挚友。

亚特罗帕提尼惨败才不到四个月，亚尔斯兰却觉得仿佛已经过了十年。这四个月中发生了各种各样的事——或许应该说，发生了太多的事情。而其中最令亚尔斯兰难以释怀的一个疑问，就是万骑长巴夫曼究竟知道什么有关自己身世的秘密。

"王太子殿下，待到这一战结束返回培沙华尔城，老朽就把自己所知道的一切毫无保留地全告诉您。眼下暂时还请您先给我一点时间。"

出征辛德拉国前夕，巴夫曼曾这样对他说。亚尔斯兰没能猜透他的心思。想知道巴夫曼到底会告诉自己什么的念头和并不想知道的念头，一直在少年心中交战。深渊正在他心底缓缓张开血盆大口。亚尔斯兰回忆起来了，去年年底，也就是约五十天之前一个冬夜的星空之下，在培沙华尔的城墙之上，巴夫曼脱口喊出了一些话：

"倘若杀死此人，王家正统的血脉就要断绝了！万万不可杀他！"

巴夫曼口中的"此人"指的并不是亚尔斯兰，而是那名扑向亚尔斯兰企图杀死他的银面具男子。巴夫曼大叫着万万不可将他杀死。

银面具到底是什么人呢？

那个人继承了王室的血脉。这一点绝不会有错。他一定知道亚尔斯兰所不知道的内情。

作为一个年仅十四岁的少年，亚尔斯兰实在有些多灾多难。他必须将侵略者赶出祖国，光复失地，救出被俘的双亲。因此他平时无暇深思。可是只要像今晚这样稍稍有一点机会放松下来，他就会忍不住再次想起这件事。

随即，一个依旧朦胧却直指核心又无比可怖的疑问，在亚尔斯兰内心深处一点点生根发芽。

自己究竟是什么人……

亚尔斯拉全身一阵颤抖，并非因为冬夜的刺骨寒风突然呼啸掠过，而是自己脑内的念头令他不寒而栗。亚尔斯兰本应是安德拉寇拉斯王与泰巴美奈王妃诞下的帕尔斯王太子。直到今天为止，原本没有任何理由去怀疑这个事实。然而，当时巴夫曼脱口而出的那句话仿佛一根利刺，深深扎在亚尔斯兰的心头。巴夫曼本人恐怕也是出于对亚尔斯兰的愧疚，才默默对他尽力效忠吧。

尽管如此，那句话中蕴含着的真相，对亚尔斯兰来说仍然过于沉重与苦涩了。

城墙上传来的脚步声让亚尔斯兰吓了一跳。大鹰告死天使在少年的肩头上尖声鸣叫了起来。然而，出现在他面前的不是敌人，而是可靠的同伴。黑衣骑士摘下了头盔向王太子恭恭敬敬地行了一礼。

"王太子殿下，即使在南国，冬季的夜风也会影响您的健康。快到就寝时间了。"

"达龙。"

"怎么了？"

"我究竟是什么人呢？"

王子的轻声自语随着夜风飘到达龙的耳畔，黑衣骑士脸上浮现出些许在战场上绝不会显露的担忧。他原本就不擅于巧言令色，一时间想不出什么安慰的话。尤其他在准确地理解了亚尔斯兰的言外之意后，更不知该说什么好了。

"请您不要钻牛角尖了。那尔撒斯曾说过，在没有掌握足够的情况前，即使一味绞尽脑汁思考也是无法得出正确解答……"

达龙劝亚尔斯兰耐心等待巴夫曼说出他所知道的一切。看见亚尔斯兰沉默不语，黑衣骑士仿佛突然想起了什么，他开口说道："属下达龙，知道殿下的真实身份。"

"达龙？"

"是的。殿下是达龙最珍视的主君。这个答案不行吗，殿下？"

告死天使在亚尔斯兰的肩头轻轻鸣叫了一声。亚尔斯兰伸出另一只手轻轻抚摸着这位鸟儿好友的头。银色的水波从他清澈夜空色的双眼中溢出，顺着脸颊淌下。

亚尔斯兰自己也不明白为什么会流泪。他只知道，此时此刻就算哭出来，也不是一件羞耻的事。王子不住地抚摸着仿佛担心他的告死天使的头，轻声说道："谢谢你，达龙。"

这天夜里，卡迪威王子终于出动了他手下的十五万大军。他佯装要北上攻击帕尔斯军，意图诱使南方的拉杰特拉军采取行动。一旦拉杰特拉军从卡迪威军后方袭来，他就折返部队，从正面将其击败。如果拉杰特拉企图趁卡迪威不在时进攻国都，他仍会回过头来，从背后袭击拉杰特拉军。卡迪威军拥有压倒性的兵力，足以支持他实行这种有些蛮干的作战方式。

"我最主要的敌人是拉杰特拉。即使造成些损失也无妨，无论如何都要先击败他的部队，取下他的首级，接下来，总有办法对付帕尔斯军。"

卡迪威下定了决心。

第三章　落日悲歌

I

卡迪威王子大举进军的消息迅速传到了帕尔斯军中。卡迪威从所率十五万大军中留下两万人，以备与古加拉特城中的帕尔斯军一战，其余十三万人悉数前去迎战拉杰特拉军。

帕尔斯军在城内的大厅中召开作战会议，那尔撒斯在会上做了如下发言：

"我完全明白卡迪威在想什么，况且他的决心也是正确的。既然拥有与敌人悬殊的兵力，从正面将敌人全力击溃乃是用兵的正道……"

万骑长巴夫曼用力点头深表赞同。他对于作为军师的那尔撒斯见识还是认同的。

"然而，卡迪威并不了解我们帕尔斯军的真正实力。我们就让这个倒霉鬼领教一下吧。虽然他恐怕很难吃一堑长一智，但我们也有必要让拉杰特拉好好见识一下。"

亚尔斯兰点点头，下令全军出击。

帕尔斯军共计一万余人，其中大部分是万骑长巴夫曼所率的部队，此外还有亚尔斯兰王太子与他的六名直属部下，以及奇斯瓦特带领的五百骑兵。关于巴夫曼是否能够值得信任这个问题，奇夫直到眼下仍心存疑惑，但那尔撒斯已经不再担心这一点了。他所担心的是法兰吉丝之前也曾说过的——巴夫曼是否难以抵御死神的诱惑。

巴夫曼对王室怀有一份几乎可以用固执来形容的忠诚，而他藏在心底的秘密似乎已经使这份忠诚不堪重负。也许他已经在心底暗自决定，要以死来掩埋这个可怖的秘密，使它不被公诸于世。

那尔撒斯认为不能让他这么做。只是棘手之处在于，唯有在这件事情上，那尔撒斯无法确信自己是否做出了绝对正确的选择。

二月五日，两位对自己各方面的正当性均深信不疑的辛德拉王子，各自率军在强迪加鲁平原狭路相逢。

卡迪威坐在白象背上，拉杰特拉则骑着白马。两个人都身穿镶满宝石的铠甲，头上裹着白色绸缎头巾，头巾上都装饰着大颗的宝石。或许是每一个方面都在相互对抗，卡迪威头巾上镶着一颗蓝宝石，拉杰特拉的则是红宝石。

“看来这是一场白象王子与白马王子的华丽战争啊。”

过去，奇夫曾在得知两位王子的这番打扮后，这样讥笑过。

依照辛德拉人的作战习惯，两军正面对峙的时候，双方主帅都会先大声主张自己的正统性。战争首先是从舌战开始的。

两名王子隔着约一百步距离互相瞪着对方。只听卡迪威首先开口骂道：

"拉杰特拉，你这女奴隶生的狗崽子，竟敢恬不知耻地觊觎一国至尊之位，也太自不量力了。如果你肯从那匹你根本配不上的白马背上滚下来跪地求饶，我尚能考虑饶你一命。"

听闻此言，拉杰特拉撇了撇嘴嘲笑道：

"要说我是小狗的话，连小狗都比不过的你还不如狗呢。你认为父王为什么一直没立王太子？明明论母亲出身，你的优势远远大于我，却没被立为王太子，就因为你比我差远了。"

若是唇枪舌剑，卡迪威根本不是拉杰特拉的对手。他无言以答，决定立即诉诸武力。

"打倒狗崽子拉杰特拉！"

同父异母兄弟间的战争就此正式拉开序幕。

起初，战况看上去似乎势均力敌。

卡迪威军有十三万人，而拉杰特拉军只有五万，如果认真打起来，拉杰特拉毫无胜算。但这一次，拉杰特拉首先选择了对自己更为有利的战场。强迪加鲁平原——这是一块算不上宽广的盆地，还被横穿其间的几条河流分割成数块。狭窄的地形环境导致了卡迪威无法将其所率全军一起投入战场。然而也正因为卡迪威军在横向难以展开阵形，从纵向看来就显得布阵格外厚实，绝无可能从中间突破。

骑兵激战过后，紧随而来的便是步兵的短兵相接。沙尘漫天飞扬，刀枪剑盾闪着寒光，发出清脆的撞击声，鲜血从肢体的断面喷出，将沙地染得殷红。

每一秒都有士兵命丧沙场。骑兵在马背上挥剑交战，身下的马儿在咬噬着对方的坐骑，疯狂嘶鸣起来。

正午将至，卡迪威麾下骑兵发动了数波袭击，在将千余具人马尸体抛满一地后以失败告终。拉杰特拉军占据了优势。然而，就在这时，卡迪威军中一角突然有一座座小山开始蠕动，远方响起闷雷般的轰鸣撕裂了大气，令人毛骨悚然的震动从脚下的大地传来。发觉此事，拉杰特拉军将士们面露紧张之色。

"拉杰特拉殿下，战象部队出动了！"

"还真快……"

卡迪威的认真与焦急由此可见。而此刻对于拉杰特拉来说也是紧要关头，他麾下的军队仅由骑兵、步兵以及战车兵组成，而辛德拉最强战象部队却掌握在卡迪威手中。即使是平素自信满满的拉杰特拉也不得不意识到在这一点上自己的劣势。

"弓箭队，前进！向象群放箭！"

临危受命的弓箭队勇敢地执行了命令，然而他们的勇气却并没有得到任何回报。

砰咚咚咚……五百头战象咆哮着向前突进，对射来的箭无动于衷，一瞬间就接近了拉杰特拉军，迅猛地从弓箭队中冲过，继续向前。大象们重重挥下又粗又长的鼻子，击碎步兵的头颅，用长牙将战马挑飞,一脚踹开阵地的栅栏。

战象部队的威力实在骇人。象征着恶意与破坏的巨大躯体所到之处,拉杰特拉的士兵们纷纷惨遭冲撞践踏,化作肉泥。尘沙、血雾和哀鸣交织成一道道烟柱,高高升上天空。

转眼间,拉杰特拉军的前卫乱了阵脚。他们勉强维持着队形,向后一百步、两百步退去。战象们只要一声咆哮都能使他们仓皇后退。拉杰特拉军原本在数量就是劣势,倘若在气势上再被压倒的话,就彻底失去了胜算。

"要是我也有战象部队……"

拉杰特拉不禁咬牙切齿,怎奈事已至此,不甘心也无济于事。拉杰特拉的部下哀声叫道:"这样下去我军必将惨败,殿下!"

"我知道!"

拉杰特拉在怒吼。他听着部下毫无意义的报告,心中一股怒气油然而生。不同于卡迪威的是,他并不会挥鞭抽打对方。

"至少如果帕尔斯骑兵队在此,也能将敌军兵力略加分散……哼,我真是气昏了头,从一开始就光知道发牢骚。"

正当拉杰特拉默默自嘲时,一名传令兵策马飞奔而至。

"帕尔斯骑兵部队到了!"

拉杰特拉惊喜过望,甚至怀疑起了自己的耳朵,但这个喜讯不折不扣是事实。于是,战况瞬间发生了天翻地覆的变化。

卡迪威军的侧面毫无防备地遭到帕尔斯军突袭,立刻陷入了混乱。

帕尔斯军张弓搭箭，连续三次乱箭齐发，随即高举长枪冲入敌军中，将敌军的队列冲溃。原本正在乘胜追击的卡迪威军遭此暗算，被迫退回了最初开战时的地点。

　　拉杰特拉飞身上马奔向帕尔斯军，在人群中寻到亚尔斯兰王子的身影，向他大呼道：

　　"亚尔斯兰殿下，你们究竟是怎么赶来的？"

　　"我们是飞过来的。原本还准备更早一点赶到这里的。"

　　熠熠发光的黄金头盔之下，亚尔斯兰的笑容耀眼夺目。只见他飒爽地一扬右手，赫赫有名的帕尔斯骑兵部队齐刷刷地将长枪高高举向辛德拉的太阳，随着"全军突击！"一声令下，再次冲入敌阵。

　　帕尔斯军的行动能够如此神速，是因为全军仅由骑兵组成。那尔撒斯的策略极为巧妙——他首先在监视着古加拉特城的卡迪威军中，散布帕尔斯军即将从城中撤出的流言。随即，他又下令相当规模的部队出城离去。正在卡迪威军冲进空荡荡的古加拉特城欲将其占领时，藏身在城墙上的帕尔斯军乱箭齐发，卡迪威军伤亡惨重。心有余悸的卡迪威军放弃了强攻战术，在城南安营扎寨，改而采取持久战术。然而城墙上插满的帕尔斯军旗都是那尔撒斯为迷惑他们营造出的假象。帕尔斯军无声无息地从北方出城，绕向东方迂回进军，随即从战场的东南方再次出现。然而卡迪威为迎击帕尔斯军，将兵力都集中到了西方和北方。于是，帕尔斯军的奇袭就轻易成功了。

这一天卡迪威亲眼见证了帕尔斯军的强悍。

一万骑兵在巴夫曼老练的指挥下展开了完美的团队行动。

总帅卡迪威的命令还没来得及传达到每一支部队，就遭到了帕尔斯军来自侧翼的袭击，无法组织起成规模的集体反击，在各自零零星星的抵抗下，伤口眼见被越撕越大。

既然巴夫曼的指挥风格如此令人放心，亚尔斯兰的直属部下便也乐得暂时守在王太子的身边，愉快地作壁上观了。

"那个老爷爷，可真是意外地能干啊！"

连一向出言刻薄的奇夫都这样自言自语起来。

拉杰特拉获利，就代表着卡迪威受到了损失。接到报告的卡迪威破口大骂部下无能，没能防住帕尔斯军突袭，最后气急败坏地下了一道命令：

"让战象部队去击溃帕尔斯军！"

卡迪威坚信只要使用战象部队，战况就会好转。这个念头实在是过于轻率乐观，但他会有此想法也不是没有道理的。

刀枪不入、所向披靡的战象部队终于伴随着地动山摇的轰鸣向帕尔斯军袭来。

II

"是辛德拉战象部队！"

连素以勇猛著称的帕尔斯军，也不禁倒抽了一口凉气。

迄今为止，帕尔斯军曾与辛德拉军数十次交战，无论骑兵战还是步兵战总是轻易获胜。陷入苦战的，唯有与辛德拉军的战象部队。连勇猛无匹的安德拉寇拉斯王也从不主动与战象部队正面冲突。

况且，卡迪威在开战前还命人在大象们的饲料里混入了药物。在药物作用下，象群全数化作了狰狞的杀人凶器。

起初，饲养员强烈反对在大象的饲料中下药。他们把这些大象当作自己的亲人一样疼爱，无法忍受卡迪威要用药物毒害它们，将它们当做单纯的杀人工具。

然而，冬日的寒冷使大象们心生畏惧，不肯向前迈一步。在卡迪威看来，仅仅因为寒冷便无法出动战象部队，简直是暴殄天物。卡迪威亲自拔剑斩杀了一名反对下药的饲养员，杀一儆百。于是辛德拉历史上最为凶暴的战象部队就这样诞生了。

与其说是突击不如说是横冲直撞的整群大象，撼动着空气和大地。

帕尔斯军掉头便逃。以一种好像从一开始就无心恋战的、夸张的方式落荒而逃。

当然，这并不是真的溃逃，完全是基于那尔撒斯的计策，在巴夫曼指挥下进行的有计划的行动。

战象部队追逐着仓皇奔逃的帕尔斯军。

这种反应乃是药物作用使然。药物刺激的大象一旦看到逃走的人就会拼命追上去，不将其践踏成肉泥绝不罢休。其狰狞凶暴的程度，早已超过了驾驭象群的士兵的控制能力。

"停下来！慢一点！"

士兵们在象背上大叫着，然而大象们完全对叫声充耳不闻。应该说，原本温和的大象们现在已经完全疯狂了。它们只是一味渴求着鲜血向前狂奔，其势头之迅猛，卡迪威军其余部队无论如何都难望其项背。

就这样，帕尔斯军巧妙地诱使战象部队独自突出于卡迪威全军之外，成功地扰乱了卡迪威军的阵形。

"不愧是身经百战的老巴夫曼，在战场上真是把策略运用得面面俱到。"

达龙在亚尔斯兰身边感慨地自言自语。那尔撒斯向士兵们发出信号，命十辆战车前进到阵前。这些车装载着由投石器改良而成的兵器，不是巨石而是淬过毒药的长枪，每次可以同时发射三十支。普通的弓箭无法穿透大象粗厚的皮肤，所以必须利用弹簧弹起的强大力量向它们投掷出更有威力的武器才行。从决定与辛德拉军开战的那一天开始，那尔撒斯就一直绞尽脑汁为这件兵器设计草图。

当战象部队狰狞而毫无秩序地卷起漫天烟尘逼近帕尔斯军时，那尔撒斯刷地将手举起。

三百支长枪从十台投枪车上破风飞出，接二连三地消失在沙尘之中。凄厉的咆哮声随即响彻天际。

大象们的狂奔停止了。它们巨大的身躯被数支长枪贯穿，血流如注，疯狂挣扎着。然而越是猛烈挣扎，毒素就越快向全身扩散，咆哮逐渐变成了哀号。与此同时，第二波的三百支长枪再次朝它们头顶落下，大象们开始纷纷倒下。

倒在地上的巨象们发出了几乎撼动地轴的巨响。砰咚咚咚……惨叫仿佛殴打着空气，比人腿还要粗的长鼻子直指天空。驾驭大象的士兵们被抛到地上，被大象的身体和腿挤压着，发出惨叫。地面上堆起了一个个血肉的小山，上面刺满了稠密如林的长枪，不断颤抖着。只有在酒鬼的噩梦里才会出现的景象中充满了刺鼻的血腥。

"达龙！"

亚尔斯兰回过头来，跟随在他身边的黑衣骑士立刻明白了他的意思，向他点了点头，随即用力一踢黑马的腹部，跃进战场当中。

达龙的马术可谓出神入化，而黑马也配合着骑手的精湛马术，灵巧地穿梭于痛苦挣扎着的象群之间。黑马穿过长长的鼻子、尖利的象牙、粗壮的象腿，笔直地朝向敌军总帅卡迪威王子的白象猛冲过去。

坐在白象背上宝座中的卡迪威，远远望着与坐骑化为一体突击而来的达龙，不禁全身一阵寒战。

"杀掉那个黑衣骑士！"

卡迪威在白象背上拼命大叫。

守护在卡迪威身边的骑士们闻声纷纷拔剑出鞘，冲向那个面无惧色、单枪匹马袭来的帕尔斯人。

此时，达龙手中的武器乃是从绢之国传来的三叉戟。在长柄的一端装有三把双刃剑，具有突刺、斩落、横扫三种功能，适合在混战中使用。

达龙在马上以惊人的速度左右挥舞着这柄三叉戟。只听他周围的人马惨叫声不断响起，被斩断的头颅和手臂在空中翻滚。辛德拉军的战士们一个接一个伴着血雾被砍飞。

"闪开！不要白白送死！"

达龙的斗篷衬里的殷红，衬着辛德拉兵飞溅的血痕，红得仿佛不属于这个世界一般。他手中的三叉戟很快就连柄都浸透了鲜血。达龙突破重重包围，仰头望向白象巨大的身躯，凛然问道：

"你是卡迪威王子吗？"

白象王子没有回答。他又惊又惧，一时间竟发不出声音，只是无意识地拔出腰间的佩剑——这柄剑从剑鞘到剑柄都镶满了过多的宝石，但至少剑刃还是铁做的。

"把白象赶过去。把那家伙连人带马一起踩扁！"

卡迪威狠狠一鞭抽在驾驭白象的奴隶兵背上。奴隶兵痛苦呻吟着，依然遵从了王子的命令——这一幕映入了达龙的眼帘。

"亚尔斯兰殿下是绝不会做这种事的。"

达龙心中想着，继续驱策黑马前进，试图绕到白象身后。正在此时，空气中突然爆发出震天巨响，达龙的铠甲上传来一阵剧烈冲击。

"啊……"

白象巨大的鼻子在空中回旋了一圈，卷起达龙的三叉戟高高抛向空中。在悬殊的力量下，达龙瞬间变成了赤手空拳。他让跟跟跄跄的黑马重新调整好姿势，伸手搭上腰间长剑。说时迟那时快，只听白象发出凄厉的大叫，以泰山压顶之势从达龙正上方压了过来。

"达龙！"

亚尔斯兰大叫起来，声音中透出苍白的恐惧。

法兰吉丝和奇夫一同从马上张弓搭箭，俩人的视野中瞬间映出了彼此的身影。一个人快活地笑着，另一个人表情紧绷无一丝笑容。二人同时放出了箭。

双箭在空中划出流星般的轨迹，分别刺中了白象的左右双眼。

瞎了眼的白象愤怒而痛苦地咆哮起来。砰咚咚咚地甩着鼻子，拼命踩着地面，将己方的士兵踩在脚下。不幸的辛德拉士兵纷纷皮开肉绽、粉身碎骨。丧失视力又失去平衡的白象发出仿佛同时擂响数百面大鼓的声音，终于倒了下去。

达龙轻巧地跳下黑马，拔出用惯的长剑，一跃跳上白象仍在摇动的巨大身躯。

在倒地的大象身体上挥剑——达龙有生以来还是第一次体验。然而这几乎没有影响他发挥原本的勇悍，只见他稳稳地踩着象的皮肤，朝向惊慌失措的卡迪威王子挥下长剑。

仅仅一回合，卡迪威那把镶满宝石的长剑就从他手中滑脱，高高飞上空中。卡迪威本人也被从饰满宝石的座位上抛了出去，匍匐在白象身上，挣扎着试图逃离过于强悍的敌人。

达龙的剑逐渐逼近。

正在此时，一名骑士仿佛疾驰在地震的山丘上，连人带马跃到白象背上，挥起的剑化作一道闪光的瀑布向达龙头顶落下。

达龙瞬间回身接住这猛烈的斩击，将对方的剑格挡开来。然而即使达龙再身手不凡，也难以在大象上下起伏的身躯上维持平衡。他刚想反击，却一个踉跄从象背上仰面滚落，落地后又迅速翻身跳了起来。

袭击达龙的骑手并未再睬他。反倒像是庆幸剑被击飞正好空出了右手一般，他伸出右手，抓住匍匐在白象背上的卡迪威的手，将他一把拉上马背，让他乘在自己身后，一脚踹上马腹，再次冲进了沙尘之中。

一切都发生在一刹那间。事情太出乎意料，来人身手极其干脆利落，令亚尔斯兰的部下们不禁目瞪口呆地愣在原地。片刻过后，恢复了冷静的法兰吉丝拉满了弓，锋利的箭镞瞄准了逃亡者的后背。说时迟那时快……

"不要射，那是加斯旺德！"

亚尔斯兰一声大喊，喝止了法兰吉丝正要松开的手。加斯旺德的背影一眨眼便隐入沙尘和混战的旋涡之中，消失得无影无踪。法兰吉丝轻轻摇了摇头收起了弓箭。她碧绿的眼瞳注视着年轻的主君，脸上漾起有如清风拂过般的微笑。

"殿下已经是第二次救下那人的命了，只希望那人胸怀感恩之心才好。"

亚尔斯兰微微一笑，并未正面回答。正在此时，达龙骑着黑马回到众人身边。亚尔斯兰为他的平安无事欣喜不已，只见拉杰特拉王子也得意洋洋地策马而来。战象部队全数覆灭，主帅卡迪威落荒而逃，卡迪威军就此分崩离析，战争进入了扫荡阶段。

"此次大获全胜，全拜亚尔斯兰殿下所赐，实在感激不尽。接下来要做的就剩追击那个只会逃命的胆小鬼卡迪威、攻下国都乌莱优鲁了。"拉杰特拉洋洋得意，"胜利似乎近在眼前了啊。"

"喔，我的情同手足的兄弟啊，辛德拉国匡复正义之日已不远矣。我绝不会忘记你的好意，今后也请多关照啦。"

这个人真是满嘴油腔滑调。骑马跟在亚尔斯兰身后的奇夫，低声啧了啧舌。

"奇夫似乎在镜子里看到了自己，所以不太愉快啊。"

法兰吉丝难得地打了个趣，奇夫也难得地沮丧不已，低声嘟囔道：

"再怎么说，我比那家伙还是正经一点的。"

听到这句话，一直保持着沉默的那尔撒斯终于忍俊不禁：

"是啊，拉杰特拉王子应该也有和你相同的想法吧。"

III

这是一场意料之外的惨败，对卡迪威来说屈辱至极。被加斯旺德救回一命的卡迪威堪堪逃回国都乌莱优鲁，岳父兼世袭宰相马赫德拉亲自出城迎接他归来。面对欣喜他平安回城的马赫德拉，卡迪威的态度极其冷漠。

"马赫德拉，我依照你所说的去做，却得到了这种结局。看来执掌大权的这几十年里你的智慧也生锈了。难道你就想不出更好的计策了吗？"

马赫德拉显得有些沮丧，但并未为自己辩白。

"是臣考虑不周。只是城内仍有毫发无伤的兵士，倘若再重整残兵，应当足以与拉杰特拉继续对抗。尤其是国都的外墙坚固至极，绝非是轻易突破之物。"

"哼，果真是这样吗？"

卡迪威的表情像怀疑，又像嘲弄。此刻，王子脸庞和周身装饰着的华丽宝石映在马赫德拉眼中，仿佛都变成了赝品。

"战象部队原本也应是常胜不败的。可是现在你看，它们已经全部倒在战场上，眼见就要沦为豺狼的美餐。国都的外墙有多牢固，又有谁知道呢？"

"殿下……"

"总而言之，这都是你的责任。你去想想办法吧。我累了，要去睡觉了。"

卡迪威似乎已经完全忘记了自己几天前还对马赫德拉的智谋赞不绝口，眼下他只顾口不择言地对马赫德拉破口大骂，随即大步走向自己的房间。马赫德拉一直目送着他的背影消失，缓缓地转过头来。这时，只见一个年轻人正单膝跪地，候在一旁。

"加斯旺德呀，听说你在战败之际钻进敌人的刀下，救回了卡迪威殿下？"

"是的，宰相阁下。"

"做得好。殿下可曾就此事对你表示过感谢？"

"没有，一句话都没有。"

听到加斯旺德的回答，马赫德拉不禁长叹一声。长年以来一直支撑着辛德拉国的重臣，似乎一瞬间苍老了不少。

"恐怕我是选错女婿了。似乎我的智慧真的生锈了啊。"

加斯旺德没有回答。他将视线从马赫德拉的脸上移到地面上，仿佛在忍耐着什么紧咬着嘴唇。

马赫德拉用手捋着下巴上长而浓密的胡须，再次沉思了片刻，随即用略带犹豫的语气问道：

"加斯旺德，倘若当时……"

不等马赫德拉把话说完，加斯旺德猛地抬起头来。

"不，宰相阁下，请您不要再说了。"

加斯旺德语气虽强硬，声音却微微颤抖着。

马赫德拉放下捋着胡子的手，脸上缓缓恢复了一名冷静的政治家所应有的表情。作为卡迪威一派的重臣，还有各种各样的难题等着他去处理。

"是啊，说了也没有意义。加斯旺德啊，现在我们只剩下依靠国都坚固的外墙击退拉杰特拉军一条路了。一切就靠你了。"

"属下感激不尽，必当为阁下尽绵薄之力。"

命加斯旺德退下之后，马赫德拉接连召来将军和书记官，就城墙守卫、城内治安、与各地友军联络等诸般事宜下达命令，并听取众人意见。正在此时，一名在病房中负责服侍卡里卡拉王的侍从突然出现，悄声在马赫德拉耳边说了些什么。

一丝难掩的惊异之色掠过世袭宰相素来沉稳的面庞。

"什么？国王陛下恢复意识了？"

这本应是一件值得庆贺的幸事，然而，事实上马赫德拉却无法不为此感到困惑。

在卡里卡拉王失去意识期间，辛德拉国内已经分裂成了两派。或许应该说，只是王室内部分裂成了两派，隶属于不同派系的部队和官员在与大部分民众毫无关系的地方相互争斗而已。然而帕尔斯军此刻横插一脚，在本已燃起的火上又浇了一瓢油。假如没有帕尔斯军从旁插足，或许卡迪威王子目前已经彻底击败拉杰特拉王子，将国内叛乱平定了。若是那样，无论卡里卡拉王是醒来，还是昏睡不醒或离世，都不会有任何问题了。

"我现在就去陛下的病房。"

马赫德拉留下这句话，正欲匆匆迈出步伐离去时，突然意识到了一件事。他停下了脚步。国王恢复意识一事应当暂且保密。独占秘密乃是执掌权力的重要条件。

"没有我的允许，万万不可将此事告知他人。如若违抗命令，你可要做好心理准备！"

"是，是，宰相阁下，属下遵命。只是属下已将此事告知卡迪威殿下了。因为这是陛下本人的要求……"

这就不能怪罪他了。马赫德拉再次向他重申禁止向其他人泄密后，便向国王的病房走去。

卡里卡拉国王依旧躺在病床上，只是清醒地睁着双眼，凝视着与自己乃是多年好友的宰相。他毫不意外地显得形容枯槁，然而马赫德拉只是稍稍和他交谈了几句，便发现他的意识出人意料的清晰。遵照侍医的嘱咐饮下两杯打进了鸡蛋的热牛奶后，国王缓缓向世袭宰相问道：

"马赫德拉，在我睡着的期间，外面的世界还安稳吗？"

仔细想来，这个提问实在有些欠缺紧张感。然而马赫德拉也无法直说出口，只得恭恭敬敬地行了一礼，脑子里飞速转动着。既然国王健在，今后的局面将会彻底转变吧。

"事实上，陛下的两位王子之间略微产生了一些纠纷。不，并不是太严重的纠纷，只是……"

马赫德拉正小心翼翼地斟酌着词句开始述说，这时，只听慌乱的脚步声突然从病房外传来。马赫德拉皱起了眉头。

正如他所料，卡迪威粗暴地打开门冲了进来。

王子推开马赫德拉和侍医，飞身扑上父王的病床，紧紧贴住不放。

"父王，父王，您身体康复真是太好了。再也没有比这更好的事情了。"

"喔，是卡迪威吗？你健康也比什么都好啊！"

卡里卡拉王瘦削的脸上显出了身为父亲的慈爱之情。他用孱弱的手握住卡迪威伸来的手，向他问道：

"对了，拉杰特拉怎么样了？还像之前一样整天和女人厮混吗？还是又跑去猎野象了？真是个让人头痛的家伙。"

"我正要向您报告这件事。事实上，父王……"

趁此良机，卡迪威向卧病在床的父亲大肆讲起了同父异母兄弟的坏话。侍医担心国王病情恶化，几度想阻止他，都被国王举手拦住。卡迪威一直尽情说到再无坏话可讲，方才沉默下来。卡里卡拉王点点头，他那已完全雪白的胡须也随之摇晃起来。

"原来如此，你说的我已经全听明白了。"

"那么，请父王责罚拉杰特拉那个不规矩的小子吧。"

卡迪威眼里闪着光，然而，国王并没有轻易给他想要的回答。

"不过，我也必须听听拉杰特拉是怎么说的。他也一定有他的主张。就算责罚他，也要有理有据，否则就太不公平了。"

"可……可是，父王……"

卡迪威不禁慌了神，国王目光锐利地盯着他：

"怎么了？既然你问心无愧就不用慌张。还是说，你有什么事瞒着我？"

卡里卡拉王处理此事的态度不愧是一国之君。卡迪威没有继续反驳，于是国王在病床上开始给拉杰特拉写信。

卡迪威不情愿地走出病房，与马赫德拉并肩在走廊上，从牙缝里低声挤出抱怨：

"马赫德拉，难得父王恢复意识了，他却那么好事不嫌麻烦。如果他被拉杰特拉那厮的花言巧语所蒙蔽，立他为王太子，可就大事不妙了。"

看到一丝危险的光芒掠过王子的双眼，马赫德拉连忙劝道：

"请不要担心，殿下。正如您父王陛下所说的那样，他也不会只听信拉杰特拉的一面之辞。殿下不需要担心任何事情。"

总而言之，卡迪威和马赫德拉眼下处于不利的状况。倘若拉杰特拉现在乘胜进军逼近国都的话，形势就愈发对他们不利了。在此关头，似乎还是好好利用刚刚苏醒的卡里卡拉王的权威比较好。

IV

两天后，卡里卡拉王派来的使者出现在拉杰特拉的阵营中。此人乃是曾与拉杰特拉有过一面之缘的侍从，他带来了国王写给拉杰特拉的信。

"什么？老爹恢复意识了？"

对拉杰特拉而言，这件事太出乎意料了。因为他一直认定父王已经和死了没什么两样，就只差没有埋进坟墓而已。

该不是陷阱吧，该不会是意识到自己处于不利的卡迪威假借父王之名，诱骗拉杰特拉自投罗网的诡计吧。绝不能轻易相信。

虽然拉杰特拉心存疑虑，但信上的字，的的确确是卡里卡拉王的笔迹。

使者停留没两天就慌慌张张地赶了回去。拉杰特拉决定亲自前往父王面前辩白，于是他只带上寥寥几名部下，踏上了前往国都乌莱优鲁的征途。

状况变化得未免太快了。世上的很多事是那尔撒斯无法预料的。

那尔撒斯从一开始就不希望战争持久化。

他们不能离开帕尔斯本土太久。可能的话他希望开春时就能平定后方，返回培沙华尔城，着手准备与鲁西达尼亚交战。问题在于，辛德拉国都攻击战说不定会拖上很久，而根据拉杰特拉的的能力，这期间或许还会出现其他变化。

拉杰特拉抵达国都宫中，见到了父王。说了一番祝贺父王恢复健康的恭维话之后，他便猛烈地批评起了同父异母的兄长。

"父王，请您不要听信卡迪威的谗言。他趁父王卧病在床之机，与马赫德拉沆瀣一气，随意操纵国家大权。首先，我相信让父王喝下可疑的秘药这事就是卡迪威唆使的。"

拉杰特拉喋喋不休说了一大堆坏话，但是和卡迪威所说的几乎没有什么区别，就只有人名不同而已。随后国王传召卡迪威前来，局面就此变成了仨人的公开讨论，可是半天过去也没讨论出什么结果来。卡里卡拉王略带鄙夷地看着两个吵得有点疲倦的王子，开口说道：

"很惭愧，我的智慧是有限的，无法判断相互争执不下的两个亲生儿子谁是正确的，因此只能交由诸神来裁决了。"

一瞬间，卡迪威和拉杰特拉甚至忘记了对彼此的憎恶，相互看了一眼。

"就以在神前决斗的结果，来决定我的继承人吧。"

宝座左右同时传来倒抽一口凉气的声音。

神前决斗，乃是双方手持武器决斗，以神明之名义裁定获胜者为正义一方的一种特殊审判。

"骨肉至亲执剑决一死斗未免太残忍了。想必诸神不会介意你们指定代理人进行决斗吧。卡迪威、拉杰特拉，你们各自从部下或熟人中选出一个能够将你们的命运托付于他的勇士吧。获胜者的主人，将成为辛德拉的国王。"

卡里卡拉王的表情和声音冷峻得不容任何反驳。卡迪威和拉杰特拉不禁感到，他们此刻才看到了作为王者父亲的真实一面。

当然，事后这个消息传到帕尔斯军中时，奇夫忍不住激烈地抨击起来：

"辛德拉的国王大人似乎相当讨厌亲自承担责任啊。说得那么道貌岸然，最后却推给众神去裁决。"

同为侍奉帕尔斯神明之身，法兰吉丝绿色的眼珠也闪着嘲讽的光芒：

"辛德拉的众神不知会眷顾哪一位野心家呢？败北的一方会

乖乖遵从众神的意愿吗？无论如何，都有场好戏可看了。"

亚尔斯兰虽不像他们那么刻薄，却也对在神前决斗这种形式感到困惑。说到底不过是强者获胜，获胜一方的正当性得到认可，他不觉得这样能体现出正义。而对于亚尔斯兰的这个疑问，那尔撒斯的回答是：

"殿下所言极是。只是神前决斗有一个最大的优点。倘若任凭两军继续冲突下去，无论哪一方获胜，都会产生大量伤亡。然而如果进行神前决斗的话，就只有失败者一人丧命。即使二人同归于尽，死者也仅二人而已。卡里卡拉王也是迫不得已出此下策吧。"

亚尔斯兰点点头，随即又提出了一个新的疑问。如果真的实行神前决斗，拉杰特拉会选谁做自己的代理人呢？

听到这个问题，那尔撒斯竖起左手大拇指，指了指正在默默擦拭长剑的好友。

"问到拉杰特拉所知的最强勇士，一定就是黑衣黑马的帕尔斯骑士吧。"

那尔撒斯的预言应验了。没过太久，拉杰特拉王子便造访亚尔斯兰的大本营，请求达龙做自己神前决斗的代理人：

"我决定将辛德拉一国和我本人的命运全部托付给达龙大人。您若能欣然接受，我将感激不尽。"

达龙的回答极其简单：

"太麻烦了。"

霎时，拉杰特拉脸上浮起失望之色，随即双眼中放出挑衅的光芒。

"达龙大人莫非没有自信取胜吗？"

"请随意理解。我既身为亚尔斯兰殿下之臣，若没有殿下的命令，恕我无论什么请求都无法接受。"

他的意思是要拉杰特拉向亚尔斯兰低头恳求。事已至此，拉杰特拉没有选择的余地。于是他夸张地低下头，去向比自己年轻十岁的亚尔斯兰寻求帮助。亚尔斯兰内心依旧有些犹豫，但事已至此，他也不能再拒绝了。

于是，达龙正式成为拉杰特拉的代理人，代表他去神前决斗。

"什么，那名黑衣骑士为拉杰特拉做代理人？那个人可是帕尔斯人。怎能派帕尔斯人参与决定辛德拉国运的一战！"

卡迪威怒不可遏，但是神前决斗也并没有"禁止指定外国人担任代理人"这种规则。这样，他就无论如何都要寻找一名能够胜过达龙的勇士来做自己的代理人了。卡迪威绞尽脑汁苦思冥想，脑海中终于浮现出了一个名字。

"对，对了。把那家伙的锁链解开。快把巴哈德鲁的锁链解开。除了他之外，再没有人能打胜那个名叫达龙的男人了。就指定他为我的代理人吧。"

听到巴哈德鲁的名字，宰相马赫德拉张了张嘴，似乎想出言反对。

然而，以马赫德拉的立场而言，也必须让卡迪威继承辛德拉

的王位才好。他一边下令解开巴哈德鲁的锁链，一边在心中自言
自语：

"巴哈德鲁那家伙根本不是人，而是一头野兽。可是眼前也
不得不把辛德拉国和我们的命运托付给他了。虽然卑鄙，但也实
在情非得已。"

V

决斗的场地就设在国都城门前的广场上。

用帕尔斯的方式计算的话，它处于一个半径七加斯（约七
米）的圆形场地内部。圆形场地的四周有一圈深沟，沟中摆满了
木柴，上面又被浇上了油。一旦决斗开始，木柴就会被点燃，熊
熊燃起的一圈火焰屏障将会挡住决斗双方的退路。而且，在这圈
深沟的内侧还竖起了十根粗木桩，每根木桩上都用铁链拴着一头
已经两天没有得到食物、饥肠辘辘的饿狼。

火焰和饿狼这双重的屏障，将使决斗者双方无路可逃。

达龙一身黑衣伫立在死亡圆阵的正中，以剑代杖撑在地上，
静待对手现身。

城墙上设有观众席。面对卡里卡拉王望去，坐在左侧的是卡
迪威及其一党，坐在右侧的则是拉杰特拉和他的同伴。亚尔斯兰
也率领着那尔撒斯、奇夫、法兰吉丝、耶拉姆、亚尔佛莉德，以

及巴夫曼与五十名士兵一同坐在那里。最初卡迪威极力反对帕尔斯人入城，然而卡里卡拉王允诺了拉杰特拉的恳求。只是，帕尔斯人周围被辛德拉士兵围了个水泄不通，这也是无可厚非的。

片刻过后，巴哈德鲁出现在场上。此人身材魁梧宽阔，体格更是远在身形颀长的达龙之上，可谓一名巨人。他身高超过二加斯（约两米），褐色皮肤下隆起大块大块的肌肉。虽然他一身辛德拉军装，却总给人一种直立行走的半兽人被强行穿上衣服的感觉。满脸浓密的毛发深处，一对泛黄的小眼睛闪着光。

二人的周围，被铁链拴住的豺狼正狰狞地发出饥肠辘辘的咆哮。二人在决斗的同时，还必须小心躲开饿狼锋利的獠牙。

待到冬日西沉的夕阳下缘与地平线重合的刹那，木柴将被点燃，决斗正式开始。

亚尔斯兰看到巴哈德鲁的巨大身躯，不由得一阵寒风掠过心间的感觉。他虽从心底对达龙的武勇有着绝对的信任，然而当他看到巴哈德鲁的瞬间，感到自己似乎把一个过于危险的任务强加给了达龙。他从观众席上探出身子，呼唤着自己珍视的勇者：

"达龙！"

也许是听到了王子的叫声，达龙仰头向城墙上望去。他眺望着亚尔斯兰和守护在他身旁的同伴们，静静地笑了笑，行了一礼。随即，他重新面对巴哈德鲁，再次以剑代杖，等待决斗开始的信号。

辛德拉风格的鼓在城墙的一角响起。

落日的下缘与地平线重合了。

决斗即将开始。

达龙拿起放在脚边的长方形盾牌，重新握好又宽又长的剑。辛德拉的巨人巴哈德鲁并未持盾，仅将一柄需以双手握持的巨大战斧立在身边，褐色的面孔上全无一丝表情。

亚尔斯兰不由得打了个寒战，回过身询问拉杰特拉：

"拉杰特拉殿下，那个名叫巴哈德鲁的人想必十分强悍吧？"

"不不，此人怎样也无法与达龙大人相提并论。"

拉杰特拉嘴上如是回答，面上却流露出不安的神色。亚尔斯兰把视线投向略远的地方，卡迪威脸上浅浅的笑意映入他的眼帘。他转了转头，正撞上亚尔斯兰的视线和他脸上充满优越感的嘲笑一点点扩散开来。

不安与后悔渐渐涌上亚尔斯兰心头。停在他肩头的告死天使仿佛听到了他的心声，轻轻鸣叫了起来。

达龙将亚尔斯兰称作"珍视的主君"。可是对亚尔斯兰来说，这个称呼令他有些惶恐。达龙才是重要的，他从心底珍视这个部下。派达龙参加这样的决斗是不是一个错误呢？

耶拉姆小声鼓励亚尔斯兰：

"请不要担心。达龙大人是绝不可能输的，殿下，因为他是全世界最强的勇者。"

突然，红铜色照亮了耶拉姆的左半侧面颊。木柴终于被点燃了。

伴着激烈的爆燃声，火焰顺着环形的深沟迅速蔓延，筑起一道红铜色混合着黄金色的火墙。

马赫德拉从座位上站了起来。

"为决定辛德拉下一任国王人选，今天在此举行神前决斗。决斗结果神圣而不可改变，双方都不得提出异议。"

卡里卡拉王没有站起来，马赫德拉代他发言。拉杰特拉对世袭宰相投去了饱含嘲讽和不信任的眼神，一语未发。他毕竟还顾忌着父王。

突然，巴哈德鲁张开大口，从喉中迸发出骇人的咆哮。

咆哮声盖过了十头饿狼的嗥叫，响彻整个观众席。所有的人，包括那十头饿狼，都瞬间趋于安静。

回声尚未完全散去，决斗便开始了。巴哈德鲁庞大的身躯向前迈进，脚步轻巧随意得令人几乎想不到这场决斗关系到一国的命运和他本人的性命。

巨大的战斧映着火光向达龙袭去。

达龙往身后跳去，同时举起盾牌，挡住了这一击。他感到左腕一麻，随即挥出长剑。这一剑来势汹汹，却依旧被战斧挡开了。

巴哈德鲁的蛮力超出了想象。长剑被挡开的瞬间，达龙一个踉跄，长靴与地面发出沙沙声，才总算站稳脚步，再次袭来的战斧已经映入了他的眼帘。攻击来自右侧，达龙举起长剑试图将其格挡回去。

空中回荡起一阵奇异的金属声。

达龙的长剑折断了，银色碎片飞舞在空中，仅剩手掌一样长的剑刃握在他手中。第三次挥出的战斧，映入了在观众席上正屏息观战的亚尔斯兰的眼中。

达龙的黑色头盔飞了出去。有数条裂痕的头盔飞过空中，落入烈焰的圆环之中。只见达龙的黑发露了出来，头部和面孔完全失去了防护。

战斧再次朝着脚步不稳的达龙袭去。

辛德拉人发出了"喔喔"的叫声。

亚尔佛莉德在帕尔斯人的观众席上轻声惨叫起来。亚尔斯兰已经连声音都发不出来了，只是瞪大清澈如夜空色的双眼，注视着场上的生死决斗。

达龙挥起了盾牌。

战斧击碎了盾牌的边缘，继续袭向达龙肩头。但是与盾牌的撞击已经大大削弱了这一击的力量，达龙轻巧避过，转身一跃而起，挥起盾牌朝失去平衡的巴哈德鲁脸上砸去。

这一击足以将颊骨击得粉碎，但巴哈德鲁踩稳了脚步，一斧扫向达龙的身体。

达龙向后一跳，巴哈德鲁砍了个空，达龙同时刺出了折断的剑。只剩一小截的剑刃掠过巴哈德鲁手腕，鲜血四溅。倘若长剑尚未折断的话，只怕巴哈德鲁整条手臂难保。

巴哈德鲁大喝一声，将战斧举过头顶，猛地向达龙颈部斩落。

达龙举盾挡下了斩击，手中的盾牌也随着轰然巨响裂成了两半。达龙挥起手中仅剩的半枚盾牌，用侧棱朝巴哈德鲁的鼻梁砸去。巴哈德鲁向后退了半步，一头饿狼扯着铁链张口咬住了他的脚。巴哈德鲁抬起被咬住的脚，左手抓住豺狼的上颌，轻轻巧巧地将它拎了起来。

下一个瞬间，豺狼的头部被撕成了上下两半。

血与黏液四散飞溅，化作无生命血肉的饿狼尸体仍然被巴哈德鲁拎在左手中。观众席上响起一片恐惧的惨叫。

巴哈德鲁沐浴在鲜血与黏液之中，纵声狂笑着将尸体扔到了其余豺狼之间。瞬间，豺狼们一拥而上撕咬了起来，咬碎骨头的声响令人毛骨悚然。

"他简直不属人类。虽然双脚站立着，可是完全不像人。"

奇夫轻声说道。法兰吉丝下意识地用指尖擦拭起了白皙额头上渗出的汗水。

"虽然到处都有披着人皮的野兽，可他简直就是猛兽。达龙大人是绝不可能输给人类对手的，可是……"

他说到这里停下了，应该是顾及亚尔斯兰的心情吧。亚尔斯兰连呼吸都变得有些困难了。法兰吉丝轻轻摩挲着他不断起伏的后背。

"巴哈德鲁，上啊！把帕尔斯人像那头狼一样撕成碎片！"

卡迪威怂恿着巨人，双眼中迸发出狂热残忍的光芒。拉杰特拉不禁喷喷了两声，转头望向那尔撒斯，仿佛在用眼神询问他："就没有什么办法了吗？"

那尔撒斯也束手无策。不仅如此，这位智谋冠绝一国的谋士也像亚尔斯兰一样面无血色，只是直勾勾地盯着场上的决斗。亚尔佛莉德像在为他打气一般紧紧握住他的手，但他似乎完全没有察觉。反倒是耶拉姆察觉到了，他轻轻挑了挑眉毛，仿佛有些不悦地清了清喉咙。

"哇！"观众们再次惊呼起来。达龙大胆地一跃而起，扑向巴哈德鲁身畔，再次挥起了折断的剑刃。比短剑更短的剑刃深深刺进了巴哈德鲁的面颊，颊骨随之碎裂，鲜血喷涌而出。欢呼声从帕尔斯人的观众席中传出，瞬间又化作了惊愕的叫声。

"怎么会！为什么还没有倒下！"

法兰吉丝与奇夫异口同声大叫了起来。受了那么重的伤，即使没有倒地不起，剧烈疼痛也会导致动作变得极度迟钝。然而，巴哈德鲁只是有些不耐烦地微微甩了甩巨大的身躯。达龙手中那截断剑随之脱手飞起，落在他够不到的远处。

达龙飞快地向后跳去。此刻他不得不为之惊诧——原本他以为巴哈德鲁会像被闪电击中的大树一样倒下，然而他的预测落空了。巴哈德鲁猛地瞄准达龙的身体发动了反击，伴随着凄厉的金属摩擦声，达龙的胸甲上出现了裂痕。他迅速避过第二击向后退去，说时迟那时快，一头被拴在铁链上的豺狼张口咬住了勇士的长靴。达龙扭转半身，竖起手刀对准豺狼的面门砸去，豺狼眼珠迸裂，牙齿脱落，倒地身亡。其余饿狼一拥而上，咬上它的身体，狼吞虎咽地填饱自己饥肠辘辘的肚皮。

巴哈德鲁根本不看夺食的饿狼，只顾将战斧举过头顶向下斩落。巨大的凶器卷起风劈头向达龙压过来，劈向大地。瞬间达龙一个翻身，逃向决斗场的中央。汗水从勇猛的黑衣骑士脸上一滴滴落下。

观众席上，感受到亚尔斯兰强烈的视线射向自己的拉杰特拉意识到恐怕已经无法再隐瞒了，方才支支吾吾地坦言事实。

"巴哈德鲁并非一般常人。此人与鲨鱼一样无法感受到痛觉，因此无论受到多重的伤，都一心只想着杀掉对方，除了死绝不会停止战斗。"

亚尔斯兰清澈夜空色的眼瞳中燃起熊熊怒火，他腾地站了起来，狠狠地瞪着拉杰特拉。

"你……你明知如此，还选择达龙做你的神前决斗代理人？让达龙和那种怪物决斗？"

"请冷静，亚尔斯兰殿下。"

"我如何能冷静下来！"

亚尔斯兰大叫着将手搭上腰间剑柄，定睛凝视着拉杰特拉的双眼。

"我向帕尔斯众神发誓，倘若达龙被那怪物杀死，我一定会把那怪物的首级和你的首级一起挂在这座城门上。绝不食言！"

这是亚尔斯兰生来第一次出口胁迫他人。拉杰特拉自知理亏，一时无言以对。他站起身来，却并非为了应战。

"请冷静一点，来自帕尔斯的客人。"

卡里卡拉王以严厉而强有力得不像一名病人的声音制止了帕尔斯少年：

"卡迪威是在拉杰特拉之后才选出自己决斗代理人的。想必他已考虑到客人您的部下是一位天下无双的勇士，无人能敌，因此绞尽脑汁才决定的人选。身为主君，请您放心信任您这位让敌人如此畏惧的部下。"

亚尔斯兰陷入沉默，双颊绯红着行了一礼，重新坐了下去。卡迪威面上带着浅笑凝望着这一幕，随即压低声音对父王说道：

"父王，您看帕尔斯的王太子竟表现得如此惊慌失措，实在是失态啊。"

"卡迪威啊。"暮色中，悲哀的神色浮上卡里卡拉王的面庞，"如果你能有帕尔斯王子一半重视部下，我早就立你为王太子了。国王仅凭自己是无法坐稳王位的，有部下才有国王啊。"

"明白了，父王。"

"若你能真明白就好了。"

卡里卡拉王似乎有些累了，随后闭口不语，将视线重新投向场上烈火的圆环之中。决斗仍在继续。

倘若是平常的决斗，巴哈德鲁应当早已战败身亡，达龙也早已凯旋了。然而现在，失去了长剑和盾牌的达龙，只得不断躲闪着巴哈德鲁那似乎永远不知疲倦的斩击。

那尔撒斯长长吐出一口气，重新换了个姿势坐好。亚尔斯兰与卡里卡拉王的交谈似乎让他重拾起了一如既往的理智和冷静。他若无其事地抽回手，将重获自由的双手交抱在胸前。

低声自语从他的嘴边传来。

"看来快要结束了。"

他清晰地看到了达龙的优势——或许现在还只有他一个人看到。在其他人眼中，达龙似乎已经对巴哈德鲁野兽般的腕力和生命力束手无策。卡迪威一脸轻松，拉杰特拉则一脸不满地把脸微微扭向侧面。

达龙单手解开了斗篷的扣子，左手将斗篷向身后一甩，从烈火上掠过。斗篷被点燃，转眼间熊熊燃烧起来。

他奋力将化作一张火焰薄板的斗篷甩向巴哈德鲁。斗篷卷住了巨人的上半身，烈焰霎时包裹了他。

巴哈德鲁大声咆哮着抓住斗篷，将它丢了出去，但此时他全身的衣服、头巾已全部着火了。

整个上半身全部化作烈焰的巴哈德鲁依旧挥舞着战斧向达龙袭去。

此刻，达龙的右手中第一次闪过短剑的寒光。

大家都忘记了，达龙除了长剑之外还有一柄短剑。因为达龙看起来对折断的长剑相当执着——当然，这是他故意表现出来的。

达龙将时机和状况计算得滴水不漏。他手中短剑一闪的瞬间，这场决斗的胜负已定。

巴哈德鲁的头部被削去了一半,红黑色的血像泉水一样喷涌而出,瞬间便在他脚边形成了一个小小的水洼。那颗巨大而没有表情的头颅在火海中摇摇晃晃,就像犹豫着不知该朝哪个方向倒去。

最后,头颅向前倾倒,带着整个巨大的身躯一起向前倒去。随着一阵地动山摇,巴哈德鲁倒伏在烈焰的圆环中心,一动不动了。

刹那间,沉默笼罩了整个空间,没有任何声音。

达龙起伏着肩头深深呼吸,然后眺望着观众席,向亚尔斯兰深深施了一礼。观众席中爆发出阵阵狂热的欢呼和掌声,打破了寂静。

亚尔斯兰也不例外,他起身拼命鼓掌,直到把手掌拍得生痛,不顾一切地呼叫着达龙的名字。

"达龙获胜。也就是说,获胜者为拉杰特拉。望希瓦、因陀罗、阿格尼、伐楼拿……诸神共同见证,辛德拉下一任王位将由拉杰特拉继承!"

卡里卡拉王的宣言,像波浪一样在黄昏中扩散开来。四方同时响起"拉杰特拉新国王!"的欢呼声。

"我不承认。我绝不承认!"

卡迪威站了起来,双眼中充满岩浆般灼热光芒。他大吼着,声音却显得支离破碎,身体也像风中树木一样颤抖着。

"谁会服从这种不正当的裁决!再重申一遍,我绝不承认!"

拉杰特拉也站了起来。他的声音中却透出另一种激动之情。

"卡迪威，你这信仰不诚之人，竟对诸神的裁决持有异议？"

"诸神的裁决是错误的！"

听到卡迪威大吼出这种遭天罚的话语，辛德拉的人群不由得一阵骚动。

奇夫冷冷一笑，轻声说道：

"那位王子大人似乎到现在才意识到，众神也会犯下错误，并将错误的结果强加给人类。"

辛德拉的人中有的站了起来，有的坐在原地仰望天空。世袭宰相马赫德拉严厉地向女婿叱责道：

"卡迪威殿下，不可对神前决斗的结果提出任何异议。更何况此乃国王陛下之命，不是吗？"

"住口！"卡迪威咆哮道，"混账，你背叛了我吧？多半你是暗中和拉杰特拉那条狗做了交易吧？你就那么舍不得世袭宰相的地位吗？"

"殿下，您在说什么啊。现在可是在国王陛下面前。"

"吵死了！我再也不信任你了。辛德拉的国王之位，是属于我的！"

卡迪威的目光强烈得骇人，他已经丧失了理智，瞪着父王的双眼中仿佛要迸射出鲜血一般。

"父王，请您让位于我，以此剑为证！"

"卡迪威，你疯了吗？"

拉杰特拉大叫。他的声音中蕴含着一丝胜利的喜悦。卡迪威竟在众人面前丧失理智，沦为了谋反逆贼。

"上啊，干掉拉杰特拉！"

"保护父王，除掉卡迪威！"

转瞬之间，混乱和怒吼笼罩了环绕着决斗场的整片观众席。

剑锋与剑锋在卡里卡拉王身畔相互撞击，火花四散。两位王子并非出于孺慕之情，而是为了王位继承权，激烈地争夺着父王。

"殿下，我们不能被卷进其中。请走这边！"

那尔撒斯在前面引路，法兰吉丝和奇夫一左一右护卫着亚尔斯兰，将他带出了混乱的旋涡。巴夫曼守在他身后，告死天使展开羽翼在他头顶上盘旋。帕尔斯王太子一行人试图避开混乱，离开观众席。

一群辛德拉士兵挡住了他们的去路。当然，他们都是卡迪威的手下。

刀枪不断向他们袭来，锐利的光芒在亚尔斯兰四周闪烁。那尔撒斯、奇夫、法兰吉丝守在王子身边，杀出了一条血路。

背后又有辛德拉兵举着利刃渐渐逼近。

"亚尔斯兰殿下，请您快逃！"

话音未落，巴夫曼拔剑出鞘，将扑上来的辛德拉军斩落在一片血雾之中。

不愧是以悍勇扬名四方的帕尔斯万骑长。虽已年过六十，精湛的剑术却没有一丝退步。然而，正当他又斩杀了两名敌兵的瞬间，卡迪威举起投枪，从侧面朝老万骑长投去。

枪呼啸着飞来，深深刺进巴夫曼左肩与胸膛连接的部位。巴夫曼短短地呻吟了一声，倒了下去。

"巴夫曼！"

卡迪威再次举起一支投枪，试图投向大叫着奔向巴夫曼的亚尔斯兰。正在此时，聚在一处的辛德拉兵被冲散了。达龙边扑灭火焰边穿过火环，从辛德拉士兵手中抢来一柄长剑，赶到了观众席。

达龙的长剑呼啸着将四周的敌兵一扫而空。

血雾和惨叫喷向夜色尚未降临的天空，辛德拉士兵们蜂拥逃窜。刚刚领略了达龙的豪勇，眼下没有任何人肯挡在他面前以卵击石。

"猛虎将军！"

辛德拉士兵中响起充满恐惧和敬畏的叫声。在帕尔斯被誉为"战士中的战士"的达龙又从异国的士兵们口中得到了一个新的绰号。

被失望和愤怒冲昏了头脑的卡迪威再次举起了枪。马赫德拉张开双臂挡在他面前，厉声制止。然而此刻的卡迪威已经无法分辨敌我了。他举枪向前刺去，枪尖立马穿透了马赫德拉的身体。

法兰吉丝手中的弓弦嘹亮清脆地鸣响起，箭矢划过黄昏的天空，贯穿了卡迪威的右臂。卡迪威丢下枪，用左手拔出箭，转身便跑。当法兰吉丝将第二支箭搭上弓弦，卡迪威早已消失在混乱的人群中，不见了影踪。

"卡迪威同时违背了神明的裁决和陛下的旨意。追随他的人，将以大逆不道之罪的共犯论处。放下武器，遵从法律与正义吧！"

终于将父王带回自己身边的拉杰特拉大叫道：以此为契机，混乱逐渐平息了下来。卡迪威的部下纷纷丢下剑，低头跪倒在卡里卡拉王面前。

马赫德拉已经濒临死亡。他被自己的女婿用枪刺穿了身体，伤势过重，没有当场死亡已经很出人意料了。他痛苦地喘息着，对悉心照料着自己的加斯旺德低声说道：

"不要难过，加斯旺德。我死不足惜，我是一个追随错了主君、选错了女婿的愚者，迎来了自己应得的下场而已。加斯旺德啊，我一直没能好好报答你……"

话语在这里中断，马赫德拉死了。

加斯旺德没能来得及说出他最想问的一句话。他从未见过自己父亲的脸，之前也曾怀疑过，或许马赫德拉就是自己的亲生父亲。然而，马赫德拉一死，他永远不再有机会得到答案了。

帕尔斯的万骑长巴夫曼也处于弥留之际，卡迪威投出的枪深达他的内脏。姑且不论其他方面，卡迪威似乎非常擅长枪术。

"亚尔斯兰殿下，请您一定要成为一位好国王……"

只说出这一句话，巴夫曼就口吐血沫失去了意识。他的肺部受了伤。

听到对医术颇有心得的那尔撒斯报告万骑长已经无力回天，亚尔斯兰有些惊慌失措。他抓住老万骑长的双肩，用力摇晃着。

"巴夫曼，请告诉我。请在你死之前告诉我。我是谁？我究竟是谁？"

亚尔斯兰的近臣们沉默地交换着眼神。巴夫曼望着王子的双眼，一句话都没有说。

忽然，一道光辉闪过亚尔斯兰的头盔。那是夕阳的最后余晖。巴夫曼的眼中映着落日余晖，已然失去了焦距。

第四章　再次渡河

I

　混乱尚未完全平息，但辛德拉国似乎已经决定了未来的方针。

　下一任国王乃是拉杰特拉王子。他的竞争者卡迪威已经身负背弃神前决斗的裁决以及杀害岳父马赫德拉的重罪，被通缉追捕。

　身处辛德拉国都乌莱优鲁的贵族以及官吏们，已经相继向拉杰特拉宣誓效忠了。依旧想追随卡迪威的人则离开国都逃往边境，往后他们将会被称作"叛乱军"了。此刻，在辛德拉国内，拉杰特拉才代表着正义。

　国王卡里卡拉二世在此次变故中内心大受冲击，再度卧病在床，并且身体快速衰弱下去。有一天，他将拉杰特拉唤进房。

　"拉杰特拉，你能不能饶了卡迪威一命？"

　"我懂您的心情，父王。可是，他无视神前决斗的结果，违背众神的裁决和父王的旨意，甚至还杀害了世袭宰相——他的岳父马赫德拉。比起我本人的意志，法律和正义更加无法宽恕他。"

拉杰特拉虽然口气强硬，但是看到身体虚弱的父王哀求的目光，他还是无法冷酷地一口回绝。他一脸苦涩地陷入沉思，最终向父王承诺了几件事。

呼吁卡迪威自首。只要他肯自首，就不取他的性命，将他软禁在寺庙中。追随卡迪威的地方豪绅如肯归顺，也可赦免罪责。他不会一心只顾复仇，而是把精力倾注在重新统一辛德拉全国的工作上……

拉杰特拉的承诺似乎令卡里卡拉王感到放心。他的身体由于滥用药物，遭受了不可逆转的损伤，已经不可能康复了。但在临终前，他还是尽力履行了一位国王应当承担的责任。他奋笔疾书，写下了让位于拉杰特拉的声明和劝说卡迪威自首的亲笔信，以及追悼功臣马赫德拉的吊文。

当这些事情都安排好后，卡里卡拉王陷入了昏睡状态，似乎用尽了全部的力气。

在黎明降临前，辛德拉国王卡里卡拉二世停止了呼吸。

即使对方是异国的国王，卡里卡拉二世的驾崩依然触动了亚尔斯兰的心弦。

尽管国王曾滥用药物，但在临终前，他仍然出色地尽到了一国之君和两名王子之父的责任。尤其是身为父亲，他对卡迪威和拉杰特拉的态度，让亚尔斯兰觉得实在了不起。他不由得想起自己与父王安德拉寇拉斯之间的关系。

失去了父亲的拉杰特拉，像婴儿一样悲伤地大声号哭。他紧紧依偎着父亲的遗体，泪水浸透了胸口的衣服，千百遍地哀叹自己今后将要依靠谁才好。

"就算是假哭，他还真能哭得那么夸张啊。"

听到达龙惊讶的感叹，军师那尔撒斯语带嘲讽地订正了他的发言：

"不，那不是假哭。"

"你是说，骑白马的王子大人是真心悲痛吗？"

"不完全是。不过王子是打心底为父亲的去世感到悲痛，所以才能那样尽情地流泪。"

那尔撒斯完全看透了拉杰特拉性格上异于常人的地方。拉杰特拉是一个演技高超得连自己都能骗过的演员。

就在同时，帕尔斯军中也需要举行葬礼，因为万骑长巴夫曼去世了。此时，亚尔斯兰只知道尚在人世的万骑长已仅剩达龙和奇斯瓦特二人了。究竟还有几名万骑长熬过了亡国的危机，尚存活于人世间呢？其实亚尔斯兰完全无从得知。

巴夫曼虽然去世了，但他留下了他所率领的一万骑兵。远征辛德拉的这支帕尔斯军是多么骁勇善战、用兵精妙啊！在经历了连番激战后，帕尔斯军中只有不到两百名的战死者。

"巴夫曼大人的用兵实在是巧妙。不愧是最年长的万骑长。"

那尔撒斯不是很喜欢巴夫曼，但他还是直率地承认了这一点。

只是尽管巴夫曼如愿殉国，活下来的士兵们却面临一个新的问题。巴夫曼率领的一万帕尔斯骑兵需要一名新的指挥官，亚尔斯兰认为除了达龙无人更适合。

"达龙大人乃是值得我们尊为指挥官之人。已故的巴夫曼大人想必不会有任何异议，何况王太子殿下也这样希望，我们怎么会拒绝呢。"

曾隶属于巴夫曼麾下的千骑长这样说着，认可了达龙成为他们新的指挥官。

亚尔斯兰请求拉杰特拉给自己一个国都乌莱优鲁附近的小山丘。他在那里修建了一座以巴夫曼为首的帕尔斯阵亡将士的墓地。他们的遗体被安葬在山丘西侧斜坡上，西方正对着故国帕尔斯的方向。

身亡异乡，葬礼较为简朴，但有王太子亚尔斯兰亲自出席。掌管葬礼事宜的则是身为女神官的法兰吉丝。

葬礼结束后，达龙正式受王太子亚尔斯兰之命，接管巴夫曼所率领的一万骑兵。

"猛虎将军，今后也请不要抛弃我们。"

"别开玩笑了，那尔撒斯。"

达龙苦笑着，随即转变了表情。

"可是，巴夫曼大人到最后都没有吐露伯父那封信中的秘密。难道亚尔斯兰殿下的烦恼就要这样不了了之了吗？"

"对，不了了之了，达龙……"

世上有些问题，那尔撒斯无法给出清晰的答案。亚尔斯兰的身世之谜正是这样的一个问题。那尔撒斯想到了巴夫曼一心求死，却没能在他弥留之际得到他的坦白。这对那尔撒斯而言是一个苦涩的失败，但也是由于他内心尚抱有是否该将谜底揭开的迟疑所致。

在辛德拉国内行军的时候，那尔撒斯曾经有机会询问奇夫对亚尔斯兰身世的看法。

"我是怎样都无所谓的。"

自称"旅行乐师"的奇夫用纤细的手指拨响竖琴琴弦，闪动着深蓝色的眼睛，歌唱般地说出自己的心声。

"不，如果那位王子大人没有正统的王室血统，反倒更有趣一点。我愿为亚尔斯兰殿下做些什么，但我并不想对帕尔斯王室宣誓效忠。王室究竟为我做过什么呢？"

若是说到亚尔斯兰个人，他的确为奇夫做了些"什么"。只要待在亚尔斯兰身边，就能经历各种有趣的事情。

"原来如此，我懂奇夫的想法。"

那尔撒斯心想。他自己也有这种感觉，即使亚尔斯兰没有继承帕尔斯王室的血统，那有什么关系呢？安德拉寇拉斯三世正式立亚尔斯兰为王太子，乃是一个不折不扣的事实。

突然，那尔撒斯想起了下落不明的安德拉寇拉斯。

安德拉寇拉斯三世作为一名国王有许多缺点，但他并非无能之辈，也绝不是一个懦夫。对他不轻信迷信这个优点，那尔撒斯就很认可。

在安德拉寇拉斯即位后不久，刚刚开始着手重整王宫内外人事时，一名占星师来到他的面前。此人常常奉承哥达尔塞斯王和欧斯洛耶斯王，并向他们央求赏赐。而他也是这样阿谀奉承安德拉寇拉斯的：

"从占星术看来，陛下乃是长寿之相，至少能平安地活到九十岁。这实属帕尔斯子民的大幸。"

"唔，那你自己又能再活多少年呢？"

"我受到众神庇佑，能活到一百二十岁。"

"喔，你看起来还很年轻，居然只活一百二十岁吗？还真是人不可貌相啊。"

安德拉寇拉斯嘲笑着，突然拔剑出鞘，斩下了占星师的首级。

"真是个豪勇的国王，区区可疑的占星师完全不是他的对手。"

人们交口称赞。上上代国王哥达尔塞斯二世、先王欧斯洛耶斯二世，帕尔斯连续两代国王都是深信迷信的人，纵容魔道士、占星师、预言家在王宫进进出出，有识之士都不由得为之蹙眉。而行事豪迈的安德拉寇拉斯，如字面上一般将这些陋习一刀斩断，重新整顿了王宫内外环境。

安德拉寇拉斯即位后，将这些人都从王宫中赶了出去。因此，很多魔道士和预言家都憎恨安德拉寇拉斯，然而安德拉寇拉斯不为所动。

亚尔斯兰是否也能够如此坚定呢？答案将会在今后的许多试炼中水落石出。

"卡迪威这混账，是飞到天边去了，还是钻到地下去了？无论如何，不把他揪出来处以极刑，我就没办法安心。"

拉杰特拉一边为父王准备着国葬，一边继续追查着卡迪威的下落。

虽然他向父王做了承诺，但他根本没打算忠实履行这个承诺。虽然国都乌莱优鲁已经在他的手中，但是地方上仍然还有许多追随卡迪威的贵族豪绅。如果卡迪威逃到他们的领地去，形势或许会再度逆转。绝不能掉以轻心怠慢追查。

即位成为新国王后，拉杰特拉需要彻底消灭卡迪威，征伐反抗自己的强力贵族豪绅，平定四方边境。举行盛大的加冕仪式以及迎娶王妃那是之后的事了。这些怎么都得需要两三年的时间。

这段时间里他也不能一直将帕尔斯援军留在国内。

各种各样的烦恼等在前面，即便是狡诈的拉杰特拉，也无法一味陶醉在对光明未来的展望之中。

与此同时，还有另一个人对未来完全没有展望。

马赫德拉一族的加斯旺德被当做卡迪威的同党遭到了拘捕，然而又在亚尔斯兰的求情下被释放了。帕尔斯的王太子担心地看着向自己例行公事道谢的加斯旺德。

"加斯旺德，今后你有什么打算？"

"唔，我该怎么办呢？"

加斯旺德先前效忠的卡迪威等于自取灭亡了。曾怀疑是自己亲生父亲的马赫德拉惨死于卡迪威之手。卡里卡拉王也已不在人世。他又不愿追随唯一获胜生还的拉杰特拉。而拉杰特拉也同样无意收留曾作为马赫德拉的间谍潜入军中的加斯旺德做自己的部下。辛德拉国内已经没有加斯旺德的容身之处了。

"那么，加斯旺德，你愿意跟我回帕尔斯吗？"

听闻此言，加斯旺德大吃一惊，一时间答不出话来。看着慌乱失措的加斯旺德，亚尔斯兰继续说道："我也不知道自己是谁的孩子。之前一直以为我就是父王和母后之子，但看来似乎并不是这样。说不定我并没有帕尔斯王子这种高贵的身份。"

加斯旺德怔怔地听着亚尔斯兰的话入了神。

"所以我借助达龙、那尔撒斯以及其他的力量光复帕尔斯之后，必须去查清自己的真实身世。加斯旺德，如果你愿意的话，我希望你跟我一起走。

"可是这一路一定会很辛苦，所以我也不会勉强你，只希望你能考虑一下。"亚尔斯兰一脸认真地说道。

"我无法立刻给您答复。或许这样有些优柔寡断，但我暂时还需要整理一下思绪……"

"嗯，你好好考虑一下。"

亚尔斯兰起身离去，只留下一个笑容深深印在加斯旺德的脑海之中。

亚尔斯兰有个习惯，在邀请别人加入自己麾下时，绝不会蛮横地命令对方，只会站在与对方平等的立场上劝说而已。他是非常自然地下意识做到这一点的。正如此前那尔撒斯对席尔梅斯所言，这明显是亚尔斯兰的长处。

帕尔斯军已经做好了随时可以收兵回国的准备。

他们原本就无意在异国他乡久留。拉杰特拉也不需要多余的猜疑。帕尔斯军的目的已经基本达到，况且他们明显非常挂心帕尔斯国内的状况。

"目前大局已定，我们不一定非要亲眼看到卡迪威被处死，也可以安心返回帕尔斯了。只要殿下一声令下，我们随时可以出发。"

虽然那尔撒斯这么说，但他心中仍然希望能先彻底将东方国境平定下来。他对挚友达龙如是说道：

"一旦卡迪威被彻底消灭，拉杰特拉一定会露出他隐藏已久的獠牙。事实上我正是在等待着这一天，只是事态究竟会如何发展呢……"

宰相马赫德拉的女儿莎莉玛乃是卡迪威的妻子，如果她的丈夫继承王位，她就会顺理成章成为王妃。只是这份幸运终究没有降临在她的头上。眼下她被软禁在王宫自己的房间里。拉杰特拉毕竟也曾向她求过婚，况且他也不愿因为虐待女性降低自己的声望。因此莎莉玛虽遭软禁，生活上却并无任何不便。

此外，拉杰特拉还在心中打着另一个如意算盘。倘若莎莉玛暗中与卡迪威联络，便可顺藤摸瓜找到卡迪威的藏身之处。

于是，拉杰特拉悄悄派人去监视莎莉玛，但是五天过去了，她没有去任何地方，一直待在自己的房间里——只有一处例外。

她的房间附近有一座小塔，塔中供奉着她祖先们的灵魂。因此，她每天都会独自前往小塔拜祭，不允许任何人近身。

拉杰特拉曾派人调查过塔的内部和屋顶上，但没发现任何异常之处，所以并未派警卫兵在塔中驻守。

然而，塔中其实还吊有一个巨大的笼子，隐藏在复杂的梁柱之间，从下方难以发觉，卡迪威正藏身于其中。莎莉玛每天为他送来食物，但某一天她在带来的甘蔗酒中下了安眠药。

待到确定卡迪威已经陷入熟睡，莎莉玛对侍女下了一番命令。侍女转身出门离去，不久便将拉杰特拉的部下肯达巴将军带了回来。

卡迪威苏醒时，笼子已经被放了下来，他双手被反绑在身后，捆得结结实实。尽管他枪术精湛，此刻却也插翅难逃了，只能对妻子愤怒地咆哮。

"莎莉玛，这究竟是怎么回事？"

"正如你所见，你被天上的众神舍弃，又被地上的众人抛弃，甚是可悲。我原以为你很适合被吊在笼中，不承想你终究还是要落到地面上，接受人们的裁决。"

莎莉玛的声音冰冷彻骨。卡迪威用力跺着脚，朝妻子破口大骂。

"身为人妻，你竟敢背叛自己的丈夫，不知廉耻的臭婊子！"

"我不是背叛丈夫，是为父报仇。"

卡迪威张大了嘴，再也说不出一句话。他咬紧嘴唇，面如土色。

失败者被带到胜利者面前时，亚尔斯兰也在场。是拉杰特拉特意邀他前来的。

卡迪威朝他憎恶至极的同父异母兄弟挤出了一个笑容。亚尔斯兰从未见过如此僵硬而凄惨的笑容。卡迪威有着一副与他高贵身份相称的端正容貌，也正因如此，他摇尾乞怜的样子看起来就更加惨不忍睹了。

"拉杰特拉啊，我们难道不是骨肉至亲吗？命运的玩笑让我们为王位相互争斗，然而现在胜败已见分晓，是你胜利了。"

"喔，你承认了吗？"

拉杰特拉嘲讽地挑起嘴角。卡迪威假装没有看见，继续说道："我愿成为你的部下，向你宣誓效忠，为你征伐外敌。所以你一定会留我一条性命，对吧？"

拉杰特拉刻意深深叹了一口气，用眼角的余光扫了亚尔斯兰一眼，满面难色地开了口。

"卡迪威啊，我们兄弟二人是赌上自己的性命和国运去争夺王位的。落败一方会迎来怎样的末路，彼此都心知肚明。既然你落败，就爽快地去死吧。我会给你准备个毫无痛苦的死法，你就不要如此颜面尽失地求饶了。"

"拉……拉杰特拉！"

"我们真是一对不幸的兄弟啊。反倒不如没有一丝血缘关系，或许我们还能相处得更友好些。"

拉杰特拉的眼神罕见地暗淡了下去。然而只过了一瞬间，他立刻又摆出一副开朗得毫不客气的表情，大声说道："这是你人生中的最后一夜，你就尽兴享乐吧。我会为你送上美酒和饭菜的。"

待到罪人喝得酩酊大醉、失去意识时，将其在感受不到痛苦的情况下杀死。这就是辛德拉处死王族时的惯例。

卡迪威被松了绑，面前摆满了美酒、菜肴和水果。士兵和刽子手将四周围得水泄不通，另有四名宫女随侍在旁，为卡迪威斟酒。

卡迪威用一双通红充血的双眼环顾四周，突然将目光停在亚尔斯兰脸上，怒目圆睁，从宫女手中夺过了酒瓶。

"帕尔斯的黄口小儿！都怪你多管闲事。去死吧！"

几乎与怒吼同时，一道寒光闪过。

卡迪威将酒瓶在地面上狠命一砸，抓起一条细长的碎片，掷向亚尔斯兰的咽喉。

宫女们纷纷尖声惊叫起来。

说时迟那时快，亚尔斯兰瞬间做出了反应。他抓起一块带骨的肉挡在自己的咽喉前，碎片随即深深插入肉中。

老鹰告死天使张开了翅膀。下一秒，它的尖喙准确地刺中了卡迪威的右眼球。

卡迪威惨叫着捂住鲜血四溢的脸。为朋友狠狠出了一口恶气的告死天使在空中划出一道弧线，缓缓落在亚尔斯兰的肩头。

"说实话，我没想到你是这种拖泥带水的懦夫。卡迪威啊，你远比我向父王禀告得要更没有成为一国之君的资质。去冥界让父王再重新锻炼你一下吧！"

收到拉杰特拉发出的暗号，三名刽子手向卡迪威走去。一个手中提着斩首的斧子，另两个从左右两侧将因剧痛和愤怒而满地翻滚的卡迪威按在地上。

亚尔斯兰并不想目睹这残忍的一幕。但他已经干预了辛德拉的历史，必须亲眼将结局见证到最后。

斧子被高高举起，再用力挥落。

惨叫声只响起了极其短暂的一瞬间。

Ⅱ

卡迪威被处死后，他那失去了一侧眼睛和身体的首级被挂在城门旁边，作为企图篡夺王位、杀害岳父的大罪人枭首示众。他虽生为一国王子，最终却落得如此凄惨的下场。

"唉，总算是尘埃落定了。他那么拼命挣扎，想起来实在让人难过。要是他能为了自己的名誉爽快地接受处刑就好了。"

连拉杰特拉都这样想，亚尔斯兰更是一想起来心里就难受。虽然不觉得自己做错了什么，但他总难以拂去沉淀在心底的那种不舒服。一段时间以来，他都不会忘记卡迪威那张染满鲜血的面孔。

"说起来，亚尔斯兰殿下，拜你所赐，辛德拉国内姑且算是平定下来了。你今后有什么打算呢？"

"当然是回帕尔斯去。"

卡迪威被剿灭，拉杰特拉看来也已经掌握了辛德拉的国政大权。如果借此契机让拉杰特拉立下绝不入侵边境的承诺，便正如那尔撒斯的计略一般，后方暂时都能维持安定。终于可以开始着手准备夺还王都之战了。

"回到帕尔斯，去赶走鲁西达尼亚人吗？"

"正是如此。"

拉杰特拉眯起双眼，细细打量着亚尔斯兰的脸。

"说实话，目前帕尔斯形势如何？有把握将侵略者赶出国境吗？"

"这件事那尔撒斯比我了解得更详细。要叫他过来向你说明一下现状吗？"

"啊，不，不必了。"

拉杰特拉慌慌张张地摇了摇头。他有点怕达龙，对那尔撒斯也有点犯怵。他在心里总觉得这两个家臣对亚尔斯兰来说有些太过优秀了。

反过来说，拉杰特拉也认为倘若家臣们不在身边，只有亚尔斯兰一人的话，便能轻易将其操控于股掌之间。在接下来的交谈中，拉杰特拉甚至得意忘形地说出了这种话：

"如果我是鲁西达尼亚的军师，我一定会派使者前往邱尔克、特兰两国，怂恿他们从帕尔斯东方边境入侵，然后从背后袭击亚尔斯兰王太子军。"

"那尔撒斯也这样说过。"

"喔！那么我说不定也足以当你的军师了。"

"然而，那尔撒斯说自己已经想出了七种手段来应对这种情况，所以不用担心。"

"他是说哪七种？"

拉杰特拉忍不住好奇地探出身体，亚尔斯兰却只是浅浅一笑。

"他说那是秘密中的秘密，所以连我也没有告诉。"

这是事实。如果他知道答案，只怕不知是否还能搪塞过拉杰特拉这一问。

拉杰特拉继续执着地追问，终究也没能问出个结果，便转移了话题，开始提出要向以亚尔斯兰为首的帕尔斯军赠送谢礼。总之，如果没有亚尔斯兰和帕尔斯军，他根本不可能在这么短的时间内剿灭竞争对手卡迪威。而且，他也不愿帕尔斯军继续在辛德拉境内久留，希望他们能快点带着礼物回国。

"只有领土决不能割让，其他一切都可以赠予你们，无论是财宝还是粮食。还是说辛德拉美女比较好？"

"既然这样，我就恭敬不如从命了。拉杰特拉殿下，请问你能否借我五百名精锐骑兵呢？我只要这些就足够了。"

"什么，五百名？"

瞬间，似乎有一道光划过拉杰特拉漆黑的眼瞳，立刻又被掩藏在明朗快活的笑容下。

"亚尔斯兰殿下，你真是太见外了。虽然我们不是骨肉至亲，但难道不是生死与共的盟友吗？只借你五百骑兵助你光复国土，实在有损我的形象。就借你三千吧。"

"实在不胜感激。可是拉杰特拉殿下今后也要彻底统一全国吧？你本应珍惜每一名士兵的。"

亚尔斯兰谢绝了这份好意，但拉杰特拉依然将肯达巴将军以及他所率领的三千精锐骑兵半强迫地借给了亚尔斯兰。

待到亚尔斯兰率军踏上归途后，拉杰特拉愉快地哼起了歌，然而一位老臣仿佛下定了决心似的，走到他的面前。

"拉杰特拉大人，臣有一个恳求。"

"哎呀哎呀，是谏言吗？"

拉杰特拉轻抚着下巴，瞟着自己的部下。他坐在原地不动，翘起二郎腿，从盒子里抓起一个木瓜，连皮啃了一大口。

"算了，你说吧。"

"亚尔斯兰王子确实有恩于我们，然而，在我们正要平定辛德拉全境的紧要关头拨出三千骑兵分给他们，会削弱我们自身的力量。亚尔斯兰王子本人只要五百骑兵，所以我们也只给他五百名骑兵不就好了吗？"

"你说的，我都知道。"

"那么……"

拉杰特拉拿着木瓜笑了起来。

"喂喂，你没明白我的用意吗？我是要在帕尔斯军中埋下火种啊。"

"咦，就是说……"

"没错。三千精锐骑兵突然半夜在帕尔斯军营中放火叛乱。与此同时，我亲自率军从外侧攻击他们。就算帕尔斯军再强悍无敌，应该也能胜过他们。"

老臣哑然注视着年轻的主君。

"拉杰特拉殿下，这样是不是太过分了。他们可是为殿下击败了卡迪威王子啊！"

"哪里是为我，明明是为了他们自己。"

拉杰特拉擦了擦留在嘴唇上的木瓜果汁，猛地站起身来，命侍者取来甲胄。他朝呆立在原地的老臣咧嘴一笑。

"接下来我将率全军悄悄接近帕尔斯军的背后。至少也要把旧巴达夫夏公国那块土地收入囊中。"

"所以，您会杀害亚尔斯兰王子吗？"

"不要胡说。我才不是那种无血无泪的恶徒。"

拉杰特拉的语气极其认真。

"我准备把亚尔斯兰当作人质，一旦夺取旧巴达夫夏公国的领土，便还那小子自由之身。我原本就挺喜欢那个天真的小子。就算使出这等毒计，也是为了让那小子能够作为一国之君得到成长。"

这个理由太厚颜无耻了，但拉杰特拉本人从心底相信自己说的这番话。他披上黄金甲胄，将镶满宝石的马鞍放在白马背上，心中想着要怎样去安慰可怜的亚尔斯兰。

III

帕尔斯军离开辛德拉，踏上了凯旋的归途。亚尔斯兰向将士们承诺，回到培沙华尔城后必将犒赏他们。即使没有王子的承诺，将士们能够平安返回祖国也令他们兴高采烈。

"哎，终于能和除了辣味什么味道都没有的辛德拉菜就此别过了，真是高兴啊。已经吃了十天那种料理，舌头都快失灵了。"

听到奇夫抱怨，那尔撒斯苦笑着点了点头。放了太多香辛料的辛德拉菜令帕尔斯人全无食欲。在不知情下吃了一次放满辣椒、颜色通红的咖喱炖羊脑后，亚尔斯兰和耶拉姆有好一阵子都吃不下东西，连豪爽的达龙也不肯再吃第二次了，唯有法兰吉丝还是一副泰然自若的样子：

"虽然称不上喜欢，但也算是种独特的风味，还不错。"

法兰吉丝对辛德拉莱发表了她的感想。

这一晚，一万帕尔斯军和肯达巴将军率领的三千辛德拉军，第一次在野外安营扎寨。午夜时分，火焰突然熊熊腾起，四处一阵喧闹。

悄悄率领两万精锐将士紧随帕尔斯军身后的拉杰特拉，得知肯达巴将军已经遵从他的命令在帕尔斯军中制造了骚乱，不禁欣喜若狂，对两万部下下令：

"冲啊！冲进帕尔斯军中，抓住亚尔斯兰！"

拉杰特拉骑着白马跑在最前面，率领辛德拉军高呼着冲进了帕尔斯军营地。

同时受到里外夹击，帕尔斯军本应骤然陷入混乱。然而辛德拉军却发现营地中空无一人，只有堆积如山的木柴在熊熊燃烧。

"怎……怎么会这样……"

正在此时，"咚"的一声，似乎有什么东西被重重扔到了拉杰特拉的马鞍前。"嗯？"拉杰特拉皱了皱眉伸手一抓，一种人类头发的触感从掌心传来。在他头顶上，乌云裂开了一道缝隙，银白色的月光倾泻而下。

只见肯达巴将军的头颅正一脸怨气地在马鞍前方瞪着年轻的主君。

即使一贯目空一切的拉杰特拉，此时也不由得大惊失色。他条件反射地将部下的首级扫落在地。同时，他身畔的夜风突然发出了呼啸，甲胄和剑的金属声响夹带着压迫感向他袭来。

"滑头的辛德拉啊，你的诡计已经被识破了。快向慈悲的亚尔斯兰殿下求饶吧，或许还能保住一条小命。"

仿佛是黑夜化成的一名豪勇的战士挡在了拉杰特拉面前。帕尔斯的年轻万骑长骑着黑马，一袭黑衣，斗篷在身后的夜风中翻飞。他右手中的长剑上已经散发出鲜血的腥气。

拉杰特拉不禁全身汗毛倒竖，这不仅是出于恐惧，更是由于失策带来的败北感。

"挡……挡住他们！"

拉杰特拉惨叫着向部下大声下令，随即策马狂奔，不顾一切地逃之夭夭。他的部下为了保护主君，纷纷举起剑挡在达龙面前。然而转眼之间，再无人阻挡，达龙策马踏过染血的地面紧紧追了上去。

"滑头的辛德拉，你还在垂死挣扎吗？你还有资格嘲笑卡迪威吗？"

拉杰特拉已经顾不上还嘴，只是一心想逃命。他第一次后悔自己骑了一匹在夜色下极其引人注目的白马，可事到如今已来不及调换了。他不要命地向前逃着，突然数十名帕尔斯士兵从路边冲了出来，挡住他的去路。

"那尔撒斯军师已经看穿了一切。耍小聪明终究会被聪明误。还是有点自知之明，回你的辛德拉国再去装聪明人吧！"

伴着一阵冷笑，奇夫手起刀落，将守在拉杰特拉右侧的骑士一剑斩落马下。

拉杰特拉趁此空隙再次掉转马头仓皇逃窜。才跑了数百步，又有帕尔斯人挡住了他的去路。马蹄声与一个悦耳的声音同时传来。

"拉杰特拉殿下，您这是要去哪里啊？"

"是法兰吉丝小姐吗？请让路。我不愿伤害如你这般美丽的女性。"

"感谢之至。但我是亚尔斯兰王太子的臣下，绝不能放你逃离这里。请跟我走一趟吧。"

"原来如此，那就恕我失礼了。"

拉杰特拉觉得法兰吉丝要比达龙和奇夫好对付些。他明明已领教过法兰吉丝的剑术，但因为对方乃是一介女流，还是掉以轻心了。

他策马冲向美丽的帕尔斯女神官。

拉杰特拉摆出仿佛要斩断整片夜色般的气势一剑挥下。这一剑不是那么容易接住的，法兰吉丝没有正面接招，她闪开以后，再以一个绝妙的角度刺出手中利剑。拉杰特拉手中的剑身迸出瀑布般的火花，从她身边掠过。

失去平衡的拉杰特拉好不容易重新整好姿势，不料两名劲敌已经追到他的左右两侧。他就这样成了俘虏。

"拉杰特拉王子，我并不希望以这样的形式再次与你见面。"

"我也有同感，亚尔斯兰王子。"

拉杰特拉由衷地同意亚尔斯兰所言——虽然如果立场完全逆转，更是正中他下怀。奇夫用皮绳将辛德拉的新国王五花大绑带到亚尔斯兰面前。

亚尔斯兰身旁站着那尔撒斯。

亚尔斯兰听到俘获拉杰特拉的报告时，曾向年轻的军师请教如何处置此人。

"那尔撒斯，我怎么都恨不起那个人来，也下不了手去杀他。我这种想法是不是太天真了？"

听到亚尔斯兰此言，那尔撒斯快活地笑了起来。

"不，殿下，天真这个词是用来形容不杀应杀之人的。眼下此人，就依殿下心意处置吧。"

"就是说，放他回去也无妨？"

"当然无妨。只是此人吃一堑不知长一智，我们该给他点教训。我准备演段恶心的戏给他看看，还请殿下暂且不要出声，先在一旁观赏便好。"

就这样，那尔撒斯开始与拉杰特拉交谈，亚尔斯兰在一旁默默地看着。

"看来您在国都住得不太舒服，很好。从前我一直觉得拉杰特拉殿下似乎对帕尔斯的风土人情很感兴趣，殿下就作为我军邀来的客人，来我国周游一番名胜古迹如何？有个两年时间，应该就能把值得一看的地方都游览一遍了。之后您就可以逍遥自在地返回辛德拉了。"

"这……这可不行。"拉杰特拉有些慌了手脚。

"辛德拉国王刚刚驾崩不久，地方上还有很多仍然追随卡迪威的豪绅。我不在的话就真的没办法了。我愿意付赎金，请放我回去吧！"

"没关系，请不必担心，我们这就派使者前往邱尔克国，为您求援。"

"去邱尔克？！"

"正是。我们帕尔斯军今后将竭尽全力赶走鲁西达尼亚侵略者，因此无暇理睬辛德拉。另一方面，我们听闻邱尔克国王是一位豪杰，想必他会欣然派大军前来为殿下平定辛德拉国的。"

那尔撒斯的声音和表情中都蕴含着看似文质彬彬的恶意，等待着对方的反应。

拉杰特拉惨叫着：

"这……这样一来，辛德拉国不就被邱尔克吞并了吗？我从来没听说过邱尔克国王是一位豪杰。"

"哎呀，您可不能以小人之心度君子之腹，善良的拉杰特拉殿下。"

几缕冷汗滑过辛德拉新国王的面颊。

"亚尔斯兰王子，我向你道歉。我实在是太目光短浅了。请不要再耍弄我了。"

被五花大绑着的拉杰特拉向比自己小十岁的少年低下了头。

"那么这次，您一定会信守盟约吧，拉杰特拉王子。"

"会，会的，一定信守！"

"那么，请在这份保证书上署名。只要您签下大名，我们就毫发无伤地将您释放。"

递到拉杰特拉面前的纸上，列出了三项内容：未来的三年间互不侵犯边境；辛德拉支付五万枚金币以答谢帕尔斯军此次出兵相助；以及将辛德拉历的纪年缩短两年。看到第三项的瞬间，拉杰特拉露出了发自心底的难堪表情。亚尔斯兰噗哧一笑，轻声说道"啊，这个就算了吧"，拿起笔将这一项划掉了。

绑绳松开，拉杰特拉迅速签下保证书，谢绝了酒宴，踏上了前往国都乌莱优鲁的归途。他担心那尔撒斯恐怕已经派使者去邱尔克了，便急着沿路重新召集起失散在各处的部队。

目送着拉杰特拉匆忙离去的背影，亚尔斯兰向年轻的军师问道：

"那尔撒斯，我可以向你请教一件事吗？"

"请殿下尽管问。"

"为什么和拉杰特拉王子只签三年的互不侵犯条约呢？反正总要签订条约的，签个五十年或一百年不是更好吗？"

年轻的军师笑着解释：

"那是因为考虑到拉杰特拉王子的为人。此人虽然让人讨厌不起来，但他欲望强烈，不可掉以轻心也是事实。就算向这种人要求永远维持友谊和平也没有意义。"

达龙用力点点头，似乎想说正是如此。

"然而，只要定下两三年的期限，就算是这种人也会毫无意外地信守诺言。应该说，三年是最大的限度。"

"过了三年，他会忍不住的。对吗？"

"正是这样，拉杰特拉王子现在一定在匆忙地盘算着，一定要在三年内将辛德拉全国平定下来，然后再来找帕尔斯的麻烦。估计两年或两年半之后比较危险。"

"所以在那之前，我们必须赶走鲁西达尼亚人，夺回王都。"

"领命……"

那尔撒斯轻轻行了一礼，此刻正遇到耶拉姆驱马前来报告，说帕尔斯军队后面若隐若现地跟着一个骑马的影子。

法兰吉丝带着二十名骑兵疾驰而去，很快又折了回来，眼尖的耶拉姆发现她身后多了一个骑兵。法兰吉丝回过头朝那人说了些什么，只见那个有着褐色肌肤的年轻辛德拉人下马走上前来。亚尔斯兰欣喜地喊出了声：

"加斯旺德，你来了？"

年轻的辛德拉人俯身将双手撑在地面上，抬头望着马上的亚尔斯兰，像在练习帕尔斯语一般大声说道：

"我是辛德拉人。我不能效命于帕尔斯的王太子殿下。如果今后帕尔斯和辛德拉再次开战，我会回到祖国和帕尔斯作战。但是，亚尔斯兰殿下救了我三次。在我还清您的恩情之前，请允许我伴随在殿下身边。"

他一口气说道。骑马站在亚尔斯兰左侧的奇夫露出了苦笑。

"真是认死理的家伙。要是能坦率一点，也不用整天压力那么大了。"

"总比根本不讲理的家伙好得多吧。"

法兰吉丝话中带刺。这时，只见亚尔斯兰下了马，握住加斯旺德的手扶他起身。

"欢迎加入我们，加斯旺德。不用担心，我们已经和辛德拉缔结了互不侵犯条约。今后我们要与鲁西达尼亚人作战。"

"那……那么，我也可以毫不犹豫地为了亚尔斯兰殿下，与鲁西达尼亚人战斗了。"

两个人态度都极其认真，把部下们逗得笑了起来。达龙朝那尔撒斯眨了眨眼睛。

"总觉得亚尔斯兰殿下如果和邱尔克交战就能将邱尔克人收为部下，那么和特兰交战也能将特兰人收为部下啊！"

"按顺序来说，下一个要收的部下就是鲁西达尼亚人了。"

"反正要收为部下，不如索性让鲁西达尼亚国王匍匐在帕尔斯的土地上，对帕尔斯宣誓效忠得了。"

那尔撒斯看到达龙漆黑的双眼中瞬间闪过一道不仅仅是玩笑的光芒。

就这样，亚尔斯兰再次渡过卡威利河，踏上了帕尔斯的土地。此时乃是帕尔斯历三二一年三月中旬。从他们离开培沙华尔城起已过了三个月。

IV

王太子回国的消息迅速传回了培沙华尔城，驻守城中的万骑长奇斯瓦特率五百名骑兵出城迎接亚尔斯兰。

老鹰告死天使从亚尔斯兰肩头飞到奇斯瓦特的手臂，撒了一阵娇，又飞回亚尔斯兰的肩头，如此不断反复着，仿佛在照顾着主人和好友双方的心情。

"真是的，告死天使你这家伙竟比我想象的还要喜新厌旧，真让人伤脑筋啊！"

奇斯瓦特愉快地开着玩笑，但当他听到万骑长巴夫曼的讣报时，瞬间绷紧了面孔，在马上就为逝者向诸神祈求冥福。

"能为王太子殿下而死，这对一位武将来说也算是如愿以偿了。请殿下不必太悲伤，好好珍惜被巴夫曼大人救下来的生命。"

"奇斯瓦特说得有理，就算为了报答巴夫曼，我也一定要夺回王都，救出父王和母后。"

"这才像帕尔斯的王太子殿下。属下奇斯瓦特不才，愿助殿下一臂之力。"

"拜托你了。"

亚尔斯兰满面笑容地与奇斯瓦特道别，前往法兰吉丝处学习弓术。眼前，亚尔斯兰的力量尚为不足，暂时还无法掌控达龙用的那种强弓，因此倒不如先向法兰吉丝学习——这是部下们一致的结论。

奇斯瓦特目送着亚尔斯兰和停在他肩头的告死天使一同离去，转身向那尔撒斯的办公室走去。

那尔撒斯十分忙碌。军事方面的具体工作可以放心地交给奇斯瓦特和达龙，可是治国理政、制定战略的基础工作只能靠自己一手操办。

首先，要将出征辛德拉前已制定好的释放奴隶、在卡威利河西岸建立屯田制等政策付诸实施。接下来，为准备出兵讨伐鲁西达尼亚军，需要以亚尔斯兰的名义发布檄文，号召各地诸侯起兵。此外，还必须起草废除奴隶制度宣言书，向全国昭告亚尔斯兰的政治改革立场。

虽然那尔撒斯嘴里一直"好忙，好忙"地念念有词，但看上去心情相当好，因为他终于有机会为一位贤君明主构思更好的治国理政方案了。

奇斯瓦特走进房间的时候，那尔撒斯正好在小口啜饮着绿茶休息。他请奇斯瓦特也坐下一起喝茶，二人有一句没一句地闲聊了一会儿，奇斯瓦特才切入了重要的话题。

"那尔撒斯大人，我要明确声明一点。就算……假如亚尔斯兰殿下没有帕尔斯王室的血统，我们对他的忠诚也不会有丝毫改变。"

这一点，那尔撒斯对奇斯瓦特没有丝毫怀疑。只是有些事仍让他放心不下。他用手指敲打着喝完绿茶的陶杯，开口问道：

"不必多虑，我完全信赖你的忠诚。可是，待到我们救出安德拉寇拉斯王，只怕他与亚尔斯兰殿下会产生一些摩擦，奇斯瓦特大人。"

"摩擦？"

"光是废除奴隶制度这一件事，我就觉得安德拉寇拉斯王不会赞成。如果国王和王太子在治国方针上产生对立的话，奇斯瓦特大人准备怎么办？"

奇斯瓦特身居帕尔斯万骑长这一要职，并且出身于代代效忠于王室的武将一族。他所肩负的责任相较于奇夫和加斯旺德更加重大，也不像达龙及那尔撒斯那样曾招致安德拉寇拉斯王不快。就算他再怎么对亚尔斯兰抱持好意，一旦要与安德拉寇拉斯王敌对，想必他也会于心不安的。

"那尔撒斯先生的担心不无道理，但此事尚可等到夺回王都叶克巴达那、救出安德拉寇拉斯陛下后再议也不迟。"

"确实，到那时再说吧。"

那尔撒斯点了点头。

"下一次我不想再留守城中了。我要站在最前线，率兵征伐王都。"

"沙场豪杰奇斯瓦特大人是否觉得闭城不出终究还是太无聊吗？"

"这个……"

148

奇斯瓦特不知为何显得有些犹豫。

"整整三个月都守在城中确实很无聊——虽然我很想这么说，但事实上，城中发生了一些怪事。"

"怪事？"

"嗯，其实有点吓人……"

"喔，连奇斯瓦特大人这等豪杰也觉得可怕？"

骁勇善战、绰号双刀将军的万骑长，苦笑着摸了摸光泽、浓密的胡须。

"如果对方是人类倒没什么好怕的。可是据士兵们的传言称，那是个像影子一样摸不透的什么东西，在墙上或天花板上也能穿梭自如。而且它还偷吃粮食，喝掉井里的水，甚至危害士兵们的安全。"

"出人命了？"

"是的，死了三个人。事实上，没有任何证据能够证明凶手就是那个影子。我觉得那只是单纯的意外，但士兵们可不这么想。真有点不知怎么办才好了。"

"唔……"

那尔撒斯陷入了沉思，他的认真让奇斯瓦特简直有些不解。

奇斯瓦特走出了那尔撒斯的办公室，前去与达龙商讨骑兵编制的有关事宜。又过了不久，那尔撒斯唤少年耶拉姆来到自己的房间。

"耶拉姆，这是之前巴夫利斯大人寄给巴夫曼大人的那封密信。我一直想把它藏起来，可是你看，我最近实在太忙了。你可以帮我把它藏到巴夫曼大人的房间里去吗？"

得到那尔撒斯的信任，耶拉姆干劲十足。他把密信用防水用的油纸严严实实地包起来，再扎上细绳，拿到巴夫曼的房间。他苦思冥想并反复尝试，终于找到了一个足够隐蔽的地方。窗边有个养鱼的鱼缸，缸底铺着厚厚的一层泥。耶拉姆把信藏进了那层泥里。

晚上，奇夫前来拜访那尔撒斯。他听到城里有个影子四处出没的传闻，便想起三个月前，他曾经遇到的那种诡异的感觉。于是二人来到那条走廊上，对墙壁和地板检查了一番，却并没有发觉任何异常。

那尔撒斯和奇夫刚刚回到房间，就听到亚尔佛莉德有些激动地叫住他们。耶拉姆也在室内。

"那尔撒斯，你去哪里了！？我找你好半天了！"

"出什么事了吗？"

一张纸片被递到了那尔撒斯鼻尖前。纸片上那行帕尔斯文字瞬间吸引了那尔撒斯的视线。信中的内容令人极为意外。

"敬告与亚尔斯兰王子同谋的蠢人们。你们费尽心思藏起来的巴夫利斯那封密信，已经落入我手中了。今后你们要吃一堑长一智，切勿掉以轻心……"

"那么，你们看到这封信之后做了什么？"

看着那尔撒斯那与其说是严厉，不如说是苛刻的紧绷表情，耶拉姆慌忙想让他安下心来。

"我检查过了。大将军巴夫利斯的密信还好好地藏在巴夫曼大人的房间里……"

耶拉姆才说到一半，声音就像被风吹灭的蜡烛一样消失了。那尔撒斯一言不发，像鹰隼追逐猎物般冲出了房间，虽然不明就里，但奇夫也跟在后面跑了出去。

那尔撒斯飞奔着穿过走廊，顺势一脚踹开了巴夫曼房间的门。门砰的一声朝里敞开了。

出现在二人面前的是一幅令人难以置信的景象。

天花板上倒着长出一双人的手，一只手紧紧攥着巴夫利斯的密信，另一只手握着一柄短剑。攥着密信的那只手悄无声息地缩回天花板上，另一只手则恐吓般地挥着短剑。

那尔撒斯的佩剑出了鞘，向天花板划出一道闪光。

那只握着短剑的手臂被从手肘处斩断，喷着鲜血落在了地上。与此同时，奇夫向上一跃，垂直向上刺出长剑，一直刺透了厚厚的橡木的天花板。

微微的触感从剑锋传到手心。奇夫咂了咂舌，收回了剑。剑锋上沾上了血迹，但是似乎并没让对方受多重的伤。

"牺牲一条手臂达到了目的。看来对方不是等闲之辈啊。"

奇夫甩落剑上的血滴，口中喃喃说道。

耶拉姆目瞪口呆地站在门口，一脸茫然看着房里发生的一切。

"那尔撒斯大人，这到底是怎么回事，我完全……"

奇夫收剑回鞘，看向那尔撒斯。

"我似乎知道是怎么回事了。就是说，这孩子被当做了诱饵。"

"乐师大人说得没错。"

那尔撒斯向后拢起几绺落在额上的头发，阴着脸打量着那条掉在地上的手臂。

"就是这样，耶拉姆。那人原本并不知道巴夫利斯老人的密信在哪里，因此才写下这样一封信，故意让你们看到。你们看完信，大惊之下自然就会立刻去检查密信是否仍然安在。于是他就只需要暗中跟在你们后面……"

"啊……！"

耶拉姆低声喊了起来。他突然意识到引贼入室的不是任何人，就是自己。真是完全没有料到的失策，自己完全被对方玩弄在股掌之中了。

他心情有些低落。那尔撒斯还想继续说些什么，不料亚尔佛莉德站了出来。

"这不是耶拉姆一个人的错。我也有责任。那尔撒斯，不要责怪耶拉姆了。"

被平时针锋相对的亚尔佛莉德维护，耶拉姆一时不知道该有什么表情才好。那尔撒斯苦笑了一声，对一头泛红秀发的少女轻轻举起了一只手。

"不，等一下，亚尔佛莉德，能听我说完吗……"

"耶拉姆一定能将功补过的。虽然这件事很严重，可是只因为这一次失败就责备耶拉姆，他也太可怜了啊！

"都说了听我说完嘛。这其实是我的责任。耶拉姆，别太在意了，其实那封被抢走的密信是假的。"

"哦？"

亚尔佛莉德忍不住大叫起来，耶拉姆却瞪大了眼睛。那尔撒斯挠了挠头。

"原谅我，耶拉姆。其实我们根本没有找到巴夫利斯老人的密信。这只是我为了引出那个可疑人物设下的圈套。"

收起剑的奇夫将视线从天花板上移开了。

"那尔撒斯大人，那么你认为那个达到目的逃之夭夭的家伙究竟是谁？"

"不知道。"

那尔撒斯简单干脆地答道。他不太喜欢还没有调查就先推测结果。他的确是一位智者，但他没有洞察万物的千里眼。

他原本怀疑在城中出没的影子是来窃取巴夫利斯密信的，因此才伪造了一封密信当做诱饵，想趁机将其捉拿。然而，对方也不是等闲之辈，竟然成功窃取密信后逃掉了。原本是想如果能活捉他的话，说不定能问出一些情报，可是被逃掉就没办法了。被偷走的那封密信本身是伪造的，倒是没有造成任何实际损害，但是被摆了一道的心情怎么都无法拂拭一空。总之，眼前也只能先向亚尔斯兰报告详情，进行严密的警备和搜查，除此之外别无他策。

同一时刻，那个以一条手臂为代价夺取了伪造密信的男人已经逃到了培沙华尔城外。他用布缠住右臂的伤处，在黑暗中低声叫道：

"尊师，尊师，山裘已经完成了您的命令，确确实实将密信拿到手了。我会即刻将其送往叶克巴达那……"

第五章　凛冬终焉

I

当亚尔斯兰和他的部下们在辛德拉国内持续作战的时候，自诩为帕尔斯正统国王的席尔梅斯正在王都叶克巴达那。

当然，他并没有过上安逸的生活。此前他一直借鲁西达尼亚人侵略帕尔斯之机开展各种活动。然而，他眼下要复仇的对象亚尔斯兰竟然率军出征辛德拉，从帕尔斯国内没有了踪影。这段时间里，鲁西达尼亚军内部的对立也愈发激化，最后大主教强·波坦与圣堂骑士团离开了王都，他也一时无暇讨伐散落在各地的诸侯以及帕尔斯军残党。

席尔梅斯本人，似乎也要开始慎重考虑自己今后该何去何从了。

另一方面，鲁西达尼亚王弟吉斯卡尔眼下也着实是多灾多难。

王兄伊诺肯迪斯七世迷恋上了帕尔斯的王妃泰巴美奈，这倒不能说他沉溺于泰巴美奈的美色——因为他连水边都无法接近，溺水也就无从谈起了。

伊诺肯迪斯七世把泰巴美奈软禁在宫中，不断赠予她各种礼物，同时也竭力劝说她改信依亚尔达波特教。这种状态从他们占领王都之时起，持续了一整个冬天。的确，只要泰巴美奈改信依亚尔达波特教，就能扫清成婚之路上的一切障碍了。或许是明知如此，泰巴美奈总是露出妖艳的微笑顾左右而言他，一直没有答应国王的要求。

若是国王和泰巴美奈的关系有所进展，某种意义上也会使吉斯卡尔头大如斗。万一二人诞下孩子，王位继承问题就会变得复杂了。因此，趁着伊诺肯迪斯王还在单相思和泰巴美奈恋爱的时候，对他们置之不理才是上策，可是这样一来，政治和军事上尚待解决的难题，也就全压在吉斯卡尔的肩上了。

吉斯卡尔迎来了施展才华和行使实权的机会，但他偶尔还是会对王兄感到气愤。

此前逃出王都的波坦大主教和圣堂骑士团目前占据了萨普鲁城，几乎切断了王都和王都以西的联络。吉斯卡尔忍不住想质问兄长，事已至此，你怎么能还魂不守舍地一心扑在恋爱上？

萨普鲁城位于距王都西北部五十法尔桑（约二百五十公里）处，自古以来就是帕尔斯、马尔亚姆两国之间的陆路重镇。一旦从城中出兵，便可将大陆公路拦腰截断，控制两国间的联络。

目前，萨普鲁城中有三万多军队，其中大半是圣堂骑士团成员，其余一小部分是向大主教波坦宣誓效忠的狂热信徒。宗教信仰这件事上是不允许有任何妥协的，因此令人感到相当棘手。

强·波坦从萨普鲁城对鲁西达尼亚国王伊诺肯迪斯七世态度强硬地提出了若干要求：

处死帕尔斯国王安德拉寇拉斯三世和王妃泰巴美奈。下令全体帕尔斯人改信依亚尔达波特教，对拒不改教者一律格杀勿论。向依亚尔达波特神忏悔自己曾被异教徒女人迷得失魂落魄之事，重新立誓今生决不再违背依亚尔达波特教的戒律。以书面形式明确承认教会对政府决定的拒绝权……

自不必说，这些要求中一定还有讨价还价的余地，但毕竟是太强硬了。伊诺肯迪斯七世惊慌失措，又去找弟弟商量。

“波坦那混账东西，整天只想着假借神的名义扩张教会的权力。王兄也是，每次来找我商量完，回去自己就不动脑子了。”

吉斯卡尔气得咬牙切齿，但他也不敢小觑萨普鲁城中的三万士兵。若要攻城，己方也需调动大量军力，而一旦演变成长期战争就令人头疼了。不能让叶克巴达那城空无人守，若随意分散兵力又恐有遭敌军分头击破之虞。

针对这一点，吉斯卡尔最后决定整编一支特殊部队，交给那个银面具男子去指挥。如果他能攻下萨普鲁城当然再好不过，但实际上只要将萨普鲁城包围，他的目的就达到了。总而言之，在鲁西达尼亚军将帕尔斯军残部一网打尽之前，他不准备对波坦采取任何行动。

伊诺肯迪斯王接受了吉斯卡尔的建议。自从他即位以来，对弟弟的提议几乎照单全收，极少驳回。听取王弟提议会带来一种问题已经完全解决的感觉，使他顿时安下心来。

前帕尔斯万骑长沙姆虽然伤势尚未彻底痊愈，但自从席尔梅斯回到王都叶克巴达那，他便一直跟随在其身边，对他提出各种忠告或建议。而席尔梅斯也很珍惜他的存在，各种各样的事情上都会去征求他的意见。虽然他嘱咐过查迪要对沙姆以礼相待，但查迪似乎仍略有不满。

某一天，席尔梅斯在自家中庭，就吉斯卡尔委托自己去讨伐萨普鲁城的圣堂骑士团一事征询沙姆的看法。沙姆不假思索地答道：

"请您接受这个委托，殿下。"

"可是，我看透了吉斯卡尔的企图。他是想让我们和圣堂骑士团相互争斗，最终两败俱伤。既然明知这一点，我觉得不必中他的圈套……"

银色面具反射着午后的阳光，席尔梅斯陷入了沉思。

"既然沙姆这样说，想必是另有想法。不妨说来听听。"

"首先，一旦有了讨伐圣堂骑士团这个正当理由，殿下就可以公开招募人员了。这样，我们不就可以用鲁西达尼亚人的钱来招兵买马吗？"

"唔……"

"况且，虽然圣堂骑士团目前与国王对立，但他们毕竟也是不折不扣的鲁西达尼亚人。若能将他们全部歼灭，一定会受到帕尔斯人民的真心欢迎。既然殿下总有一天要君临天下，出兵征讨圣堂骑士团绝对没有损失。"

"话说是没错……"

"除此之外，如果我们凯旋而归，就能向吉斯卡尔公等人卖出这个人情，也可以向他们要求褒奖。属下觉得我们不妨可以要求得到眼下圣堂骑士团占据的那座城。"

沙姆话音一落，席尔梅斯将交抱在胸前的双手放了下来。

"确实不管在哪方面都是大赚一笔。可是万一输了呢？"

听到席尔梅斯的反问，沙姆脸色骤变。他在帕尔斯大理石的圆桌上探出上半身，向银色的面具射去强烈的目光。

"您身为英雄王凯·霍斯洛的后裔，竟会想到战败？如果连区区一个圣堂骑士团都胜不过，那将如何光复帕尔斯全国？请不要再说这种令人难堪的话了。"

覆在席尔梅斯面上的银色面具纹丝不动，但面具下的那张脸或许已经满面通红了。"凯·霍斯洛的后裔"这个词深深触动了具有极强正统意识的席尔梅斯的心弦。

"谢谢你的提议，正如沙姆所说，我就接受吉斯卡尔的委托吧。"

"喔，是吗，你决定接受委托了？"

得知席尔梅斯同意出兵讨伐萨普鲁城时，吉斯卡尔欣喜不已，同时又无法掩盖心中的惊讶之情。他想不到银面具席尔梅斯会这么容易上钩——原本是准备强迫他就范的。

"当然，我需要筹措足够的粮草和武器。我不能分走鲁西达尼亚军正规军兵力，因此，请问我是否可以从帕尔斯人中招募士兵呢？"

"好，就交给你了。"

吉斯卡尔虽然精于算计，但他并不悭吝。他应承银面具可以做充分的准备了，并向他允诺了足够的报酬，随后便让他回去了。

此时，有人向吉斯卡尔提出了忠告：

"王弟殿下，放任圣堂骑士团为所欲为固然有损鲁西达尼亚的国威，但是派身为异教徒的帕尔斯人去讨伐他们真的妥当吗？不知什么时候他们掉转矛头，反戈击向我们啊。"

此人乃是在吉斯卡尔麾下负责执行政务的宫廷书记官欧尔加斯。吉斯卡尔苦笑着安抚部下道：

"你的顾虑的确有道理，只是眼下我们兵力不足，哪怕一兵一卒都要倍加珍惜。综合各地送来的报告可以看出，帕尔斯人快要大举进攻叶克巴达那了。"

"这可是大事不妙啊。"

"反正，银假面肯定有他自己的盘算，眼下就先让他和占据萨普鲁城的那些白痴去鹬蚌相争好了。只要他们交战，就一定会损耗兵力。就让他们开开心心地打起来吧。"

欧尔加斯点了点头,随即刻意压低声音,提出了另一个疑问。

"话说回来,那个银面具到底是什么人?"

"帕尔斯王室的一员。"

听到吉斯卡尔的回答,欧尔加斯不由得咽了一口口水。

"真······真的?"

"谁知道呢。我是胡说的,不过也说不定就是事实。帕尔斯王室似乎也有各种复杂的内情啊。"

说到这里,吉斯卡尔对波坦大主教的怒火再度涌上心头。占领叶克巴达那后,波坦进行了大规模焚书,烧毁了许多珍贵的书籍,其中包括收藏在王宫书库中的古书典籍。倘若查阅这些典籍,想必能获知更多帕尔斯政治上以及宫中的秘密。波坦连地理方面的书籍都烧掉了,这为他们对帕尔斯重新进行统治造成了很大的障碍。比如,要向某个村庄征收租税时,村中究竟有多少劳动人口、有多大耕地面积、能承担多少租税,这些问题都必须重新开始调查。

"真是伤脑筋啊,吉斯卡尔。"

伊诺肯迪斯七世说道。此时此刻,他已经把所有的责任都推给弟弟了,而他自己根本没有意识到这一点。

无论是王兄还是波坦都令人大伤脑筋。除此之外,还有另一个人也让吉斯卡尔一直挂在心上——那就是帕尔斯的王妃泰巴美奈。

"泰巴美奈这个女人究竟在想什么啊？她的心思简直比王兄和波坦加起来还要难捉摸一百倍。"

这令吉斯卡尔感到有些可怖。

王兄伊诺肯迪斯的肉体和精神简直就像是用海绵做成的，倘若泰巴美奈向他灌输毒液，只怕他也会立刻无条件照单全收。

譬如，假如泰巴美奈对吉斯卡尔怀有恶意，在国王耳边轻轻说上几句谗言，那可怎么办呢？

"陛下，请您诛杀吉斯卡尔公。此人目无陛下，妄图自己坐上至尊宝座。留他一条性命将对陛下您极为不利。"

"是吗？既然是你说的，一定不会有错。我立刻处决王弟。"

吉斯卡尔被自己的想法吓得汗毛倒竖。虽然他是鲁西达尼亚的王弟殿下，但是实质上的最高统治者，他的立场并不能让人高枕无忧。狂信徒波坦刚刚离开了叶克巴达那，想不到又冒出个泰巴美奈。

吉斯卡尔感到了厌烦。从小就一直是他在帮助兄长，从来没有得到过兄长的帮助。他实在是已经厌烦透了……

与此同时，席尔梅斯得到了吉斯卡尔的许可，开始公开招募帕尔斯士兵，并四处搜集军马、武器、粮食。现在他可以昂首挺胸地向鲁西达尼亚军索要这些物资了。

"不管怎么说，我们没有必要为了鲁西达尼亚人勉强自己。还请您多花些时间，做好充足的准备吧。"

席尔梅斯接受了沙姆的忠告，慎重地进行着出征准备。如果准备不足就贸然进攻萨普鲁城，一旦遭到反击就会落下笑柄了。他在赶走鲁西达尼亚人、在王都叶克巴达那顺利即位、砍下安德拉寇拉斯和亚尔斯兰的脑袋并排挂在城门上示众之前，是绝不能死的。他将作为帕尔斯复兴之祖，在帕尔斯历史上刻下不朽的名字。为了这个目标，他必须先攻下萨普鲁城，将这座城当作自己的根据地。之后他再选一个时机将自己的真实身份昭告天下，以席尔梅斯之名扬起帕尔斯的旗帜。

"那座城看似易守难攻，事实上也有一些弱点，恐怕鲁西达尼亚人还不知道。我曾三度前往那座城，将城内仔仔细细调查过了。"

在帕尔斯引以为傲的十二名万骑长中，最擅长攻守城池的就是这位沙姆。也正是因此，他才会被安德拉寇拉斯王委派去镇守王都叶克巴达那。

而现在，他却要为导致叶克巴达那陷落的罪魁之一席尔梅斯出谋划策去征讨萨普鲁城，一种啼笑皆非的感觉传遍沙姆的全身。他没有说出口，只是默默地将精神集中在手头的工作上。

就这样，帕尔斯历三二一年新年伊始，席尔梅斯便紧锣密鼓地筹措武器和粮草，逐渐整编起一支私人武装。直到吉斯卡尔开始等得不耐烦，反复追问什么时候他们才能从王都出发的时候，准备工作终于完成了。

此时，时间已经到了二月底。

II

地下牢深处，一年四季温度都没有太大的变化。冰凉的湿气摩挲着室内人们的皮肤，黑暗沉淀在火把和烛光照不到的角落，濒临死亡的人们的呻吟盘旋在充满霉味的空气底部。

到了二月，帕尔斯第十八代国王安德拉寇拉斯三世被幽禁此处就满四个月了。

狱卒们日复一日地拷打他，这并不是为了让他招供什么情报，仅仅是为了伤害他的肉体，侮辱他身为一国之君的自尊。他们用鞭子抽打他，用烧红的铁签烫他，将盐水淋在他的伤口上，用针刺他。

安德拉寇拉斯看上去已是个半兽人了。胡须和头发肆无忌惮地越长越长，自然也不曾有过入浴的机会。

曾经的国王面前这天出现了一名意想不到的访客。他轻手轻脚地从黑暗中走上前来，对囚犯恭恭敬敬低下头。

"很久不见了，陛下。"

来者的声音低沉而悲痛。安德拉寇拉斯睁开了双眼。尽管遭受了长期的监禁和拷打，他的眼中依旧没有退去力量的光彩。

"是沙姆吗……"

"是的。正是被陛下恩赐予万骑长的沙姆。"

"沙姆，你来这里干什么？"

没有立即认定对方是来救自己而露出欣喜之色，或许这就是安德拉寇拉斯的过人之处吧。沙姆并非胆小怯懦之人，但他感到一种异样的压迫感从安德拉寇拉斯全身传来。

他的确不是来救安德拉寇拉斯离开此处的——他甚至没有随身携带武器，只是买通了负责拷问的狱卒，从而得到了一段短暂的会面时间。沙姆倘若使出浑身解数，将狱卒尽数斩杀，逃出地下牢想必不是一件难事，可是要带着遍体鳞伤的国王逃离王都却是难上加难。

而且，沙姆也知道狱卒正从背后张弓搭箭瞄准了自己。

"我此番前来，是有一事想请问陛下。"

"想问什么事？"

"陛下难道不明白我想问什么吗？"

"想问什么？"

安德拉寇拉斯佯装不知，重复反问。

"我是想问您十七年前的那件事。"

帕尔斯历三〇四年五月，第十七代国王欧斯洛耶斯猝然死于非命。他的胞弟安德拉寇拉斯登基后不久，欧斯洛耶斯的王子席尔梅斯随即遭到一场大火吞噬——此事至少对外是如此宣称的。而长大成人出现在沙姆面前的席尔梅斯却断言，是安德拉寇拉斯三世弑杀王兄欧斯洛耶斯、夺取了王位。而吞噬了席尔梅斯半张脸的那场火灾，也不是意外失火，而是安德拉寇拉斯蓄意放火。

"启禀陛下，微臣违背为臣本分，斗胆问您一句。十七年前，陛下是否真的弑杀了欧斯洛耶斯王？"

"……"

"陛下真的曾经弑兄篡位，而且还试图将席尔梅斯王子烧死吗？"

"你问这个干什么？"

安德拉寇拉斯的声音丝毫没有动摇，甚至还带着一丝冷冷的嘲讽。

"我是个除了会打仗一无是处的人，却因此获得了王室的恩宠，被赐予万骑长这样荣耀的地位。请恕我大言不惭，我对帕尔斯这个国家怀有深深的依恋之情。因此，我希望陛下能为我破解心中的迷茫，所以才专程前来拜访陛下。"

沙姆停顿了几次，继续说下去。冷笑从安德拉寇拉斯的眼中消失了。

"沙姆啊，我们兄弟俩的父亲哥达尔塞斯大王乃是一位贤明的君主。但他唯独有个缺点令朝臣尽皆为之蹙眉。你应该也知道吧？"

"唔……"

沙姆心知肚明。哥达尔塞斯大王为人英明果断、勇敢无畏，对贵族公正严明、对奴隶充满慈悲之心。而他唯一的缺点就是——太迷信了。到了晚年，他的迷信几乎接近于病态。随后继承王位的欧斯洛耶斯五世虽然迷信程度不及父王，但也很相信预言和占星术。

"哥达尔塞斯人王年轻时，曾经收到过一个预言。"

"是什么？"

"预言说，帕尔斯王室将会在哥达尔塞斯二世之子那一代断绝。"

一瞬间，沙姆忘记了呼吸。安德拉寇拉斯用怜悯般的眼光看了他一眼，继续低声讲述下去。

帕尔斯王室将会在哥达尔塞斯二世之子那一代断绝。

对这个可怖的预言深信不疑的哥达尔塞斯二世心中慌乱，不知如何是好。如果不相信便也罢了，既然已经相信了，就不能不采取对策防止。他用失去了理智的头脑绞尽脑汁，苦思冥想着。

最后，他把王妃为自己诞下的两个儿子取名为欧斯洛耶斯和安德拉寇拉斯。在帕尔斯的历史上，迄今为止，名为安德拉寇拉斯的国王，必定会接替名为欧斯洛耶斯的国王即位。因此，就算欧斯洛耶斯未尽天寿过早夭亡，王位也会由弟弟安德拉寇拉斯继承。这就是他的意图，而事实最终也如他所愿。

安德拉寇拉斯之下并无兄弟。这是否表明，帕尔斯王室的血统将会断绝在安德拉寇拉斯这一代——哥达尔塞斯并没有轻易放弃。正在此时，他又听到了一个新的预言。倘若他的长子欧斯洛耶斯之妻诞下子嗣，或许帕尔斯王室在安德拉寇拉斯之后仍有可能得以延续。只是，那必须是哥达尔塞斯本人之子。

"这……这么说的话，席尔梅斯殿下就是……"

沙姆哑口无言。席尔梅斯竟然不是欧斯洛耶斯五世之子，而是他的胞弟吗？他真正的生父难道是哥达尔塞斯二世？为了增加继承王位的嗣子数量，哥达尔塞斯王竟然不惜与自己的儿媳私通，让她诞下子嗣吗？

　　由于震惊和厌恶，沙姆有好一阵子没有意识到冷汗正顺着自己的鼻翼不断淌下。

　　"这也没什么可吃惊的吧。世界上没有一个王室是完全干净的。越是历史悠久的王室血统就越是混浊，越积累了很多不为人知的污秽。"

　　安德拉寇拉斯的声音中蕴含着一种事不关己的冷淡。沙姆用手背擦了擦额上的汗，重新调整了自己的呼吸。他已经不想继续听下去了，但又有一个疑问在他脑海中浮现。

　　"那么，亚尔斯兰殿下又是什么情况呢？"

　　"亚尔斯兰嘛……"

　　在凌乱的胡须和满脸伤痕之下，安德拉寇拉斯表情微微一变，就此陷入沉默。沙姆继续问道：

　　"亚尔斯兰殿下乃是陛下与泰巴美奈王妃诞下的王子。在这个预言中，他又扮演着怎样的角色？"

　　安德拉寇拉斯依旧默不作声。提问的沙姆也沉默不语，一股倦怠感涌上他的全身。又过了片刻，安德拉寇拉斯终于开口了：

　　"我和泰巴美奈的确生下了一个孩子。可是……"

　　"可是？"

沙姆重复着他的话问道。正在此时，墙壁上传来了匆忙的敲击声。这是典狱长回来的暗号。它仿佛在安德拉寇拉斯的嘴上按了一把无形的锁。沙姆意识到恐怕再也问不出更多的事了，便起身向国王又行了一礼：

"陛下，总有一天臣会将您救出。这次还请您恕罪。"

沙姆转身正欲离去，却听见背后传来安德拉寇拉斯冰冷透骨的声音。

"沙姆啊，你不要全盘相信我刚才说的话。说不定我是在说谎。就算我想说真话，也有可能我所知道的内情中原本也掺杂了别人的谎言。帕尔斯王室的历史上已经涂满了鲜血充斥了谎言。这是我身为第十八代国王所说的，一定不会错。"

沙姆按捺住想捂住耳朵的冲动，一步步走上通往地面的台阶。他转过几次弯、穿过若干扇门，终于回到地面上的时候，感到冬日尽头的阳光竟然如此炫目。这一刻他意识到，自己的前行之路已经笼罩在一层错综复杂的浓雾之中了。

III

银面公子席尔梅斯率领着一支全由帕尔斯人组成的部队，于三月一日从王都出发。

这支部队中骑兵有九千二百人，步兵两万五千四百人。除此以外，还有一队负责运送粮草的壮丁随行。骑兵由效命于查迪的亡父卡兰的兵士所组成，也有一些是沙姆的前部下。

银面具此次招募到一支三万多人的部队，令吉斯卡尔也感到意外。他虽略微不安，但还是目送着银面具踏上了征程。

离开王都后的第五天，恰好在离萨普鲁城还有一半距离的时候，他们从沿途的居民那里听到了一个传闻。

圣堂骑士团中部分品行不端的人员，由于袭击了一支已改信依亚尔达波特教的商队并杀人劫财已被赶出了萨普鲁城。被驱逐出城的这十五个人躲进离大陆公路不远处的山中，完全沦为了作恶多端的强盗。

查迪提议，既然是顺路，不如索性杀掉这群盗贼祭旗。席尔梅斯点头同意了。

然而，他们又继续行进了两天后，传闻又变了。那个由十五名鲁西达尼亚人结成的强盗团伙，已经被一个几天前出现的单枪匹马的旅人斩杀殆尽。

向沙姆讲述此事的农民显得激动不已。

"哎呀，我从来没见过这么厉害的人！"

"有那么厉害吗？"

"不仅是厉害，我根本没想到过世界上还有这么强悍的人啊。只靠一双手就杀掉了十五个人，自己却毫发无伤。"

听到对方这么说，沙姆产生了好奇心。

"那是个什么样的人？"

据农民的描述，此人年纪大约三十有余，身材高大健壮，瞎了　只左眼。身上未穿铠甲，骑着一匹褐色的马，腰间挂着一柄绿色剑鞘的大剑。

沙姆已经猜到此人是谁了。他命手下尽可能多地去打探一些关于这个独眼男人的准确情报。

据农民们说，眼下世道明明不算太平，这个独眼男人却优哉游哉地出现在村子里，自称身份不凡，将几百名部下留在北边的村子里，自己一个人跑出来旅行。不过这些话都不太可信。

听说附近的村子遭到鲁西达尼亚强盗骚扰，此人便扬言要单枪匹马去干掉他们，让村民们给他美酒和女人作为答谢，然后就独自去了强盗们的驻地。

次日，独眼男子骑着一匹马，手里牵着另一匹马回到了村中。牵在他手中那匹马的背上驮着三个大麻袋，每个麻袋里装着五个强盗的首级。

农民们冲到强盗们的驻地，取回了所有被抢走的东西，并信守诺言给了独眼男子美酒饭菜和女人。过了三天，男子说自己厌倦了在这个狭小村子里与人交际，便丢下房屋和女人，离开了村子。

这说的是昨天刚发生的事。附近山中有个洞窟，之前曾有人看到他把马拴在洞口，所以很有可能直到今天他还住在那个山洞里，但也有可能已经神不知鬼不觉地离开了。

"殿下，我已猜到此人是谁了，我准备去见见他。倘若他能追随殿下，一定会成为你非常可靠的同伴。"

沙姆说罢，便带了二十骑人马奔向那名男子所住的山洞。

那个山洞位于一座可以远眺到大陆公路的山中，洞口附近长满了一丛丛的金雀花和野橄榄。一步步走近山洞时，众人听到洞中传来歌声，歌声算不上悦耳动听，却相当嘹亮。

沙姆走近洞口，金雀花丛中随即响起一阵阵的叫声，原来是一窝野鼠。草丛中有干肉和奶酪的碎片，似乎洞中人为野鼠一家提供食物，请它们看守洞口。歌声停了下来，有人大声叫道：

"是谁在不知羞耻地偷听别人唱歌？"

"克巴多，半年不见了。虽然你的寒暄实在无趣，可是你没事就比什么都好。"

"哦，是沙姆吗？"

出现在洞窟口的高大独眼男子咧开嘴巴露出洁白的牙齿笑了起来，少年般的表情随即在他精悍的脸上绽开。

此人正是亚特罗帕提尼大败后不知所踪的帕尔斯万骑长克巴多。

沙姆留部下们在洞口等候，独自走进了山洞。克巴多的马已经上了鞍，似乎准备出发。克巴多把卷起立在洞内一角的地毯摊开铺在地上，拿出了麦酒壶。

"哎，你先坐吧。说真的，我没想到你还活着。这么看来，活着的人还不少呢。和你一起守卫叶克巴达那的加尔夏斯夫怎样了？"

"加尔夏斯夫英勇牺牲了，和我这种耻辱地苟且偷生下来的人是人不相同的。"

听到沙姆自嘲般的回答，克巴多端起麦酒壶笑道：

"你要贬低自己那是你的自由，但我一点都不觉得苟且偷生是什么耻辱的事。就是因为在亚特罗帕提尼会战中活了下来，现在我才能喝酒、拥抱美女，干掉那些看不顺眼的鲁西达尼亚白痴。"

克巴多在沙姆面前摆上青铜酒杯，在杯中注满了麦酒，自己则直接对着壶嘴喝了起来。他的酒量原本就人尽皆知，对他来说麦酒和清水没什么区别。沙姆只把酒杯端到唇边轻轻抿了一小口。

"怎么样，克巴多，我现在正跟随着某位主君，你愿意一起来吗？"

"你的好意我心领了……"

"你不愿意吗？"

"说实话，我已经受够跟随别人了。"

沙姆理解克巴多所说的。此人是个大名鼎鼎的"吹牛克巴多"，战场上勇猛强悍，在宫中却束手束脚甚是憋屈。

某次在宴席上，一位自命不凡的贵族少爷拦住他问道："全身血污、汗水和泥泞，饿着肚子游荡在战场上是种什么滋味？"克巴多突然把这位少爷一把举起来，扔进大厅角落一个盛满麦酒的大桶里，若无其事地答道："你看，比如说，就像是这种滋味。

只想快点干干净净洗个澡……"

"话是这么说，可是像你这样的勇士无所事事地徘徊在荒野里也太可惜了。"

"可是这种生活很逍遥自在啊。沙姆，你现在追随的是哪位主君啊？王都叶克那巴达陷落后，国王和王妃好像都不知去向了……"

克巴多显得有些不解，沙姆略带苦涩地答道：

"我眼下跟随席尔梅斯殿下。"

"席尔梅斯？"

克巴多偏着头努力想了想，终于想起了这个名字。悍勇的他不由得皱了皱眉头。

"你说的席尔梅斯，就是那位席尔梅斯吗？"

直呼其名这一点很符合克巴多豪放的性格，不过他的语气里多少带了些客气。

"是的。我现在正跟随着席尔梅斯殿下。"

"原来他还活着啊。就算如此，还真是奇妙的缘分啊，你竟然成了席尔梅斯王子的部下。"

克巴多没再追问为何会这样。他凭直觉感到，此事背后一定有着复杂的缘由和纠葛。沙姆向克巴多说明了帕尔斯目前的状况，并告诉他亚尔斯兰王子尚在人世，眼下似乎正在东方边境一带。

"听起来，帕尔斯王室似乎要四分五裂、骨肉相残了。要是这种时候被卷进争斗之中，实在是太荒唐了。你就忘记世上还有我这个人吧。"

克巴多正欲起身，沙姆举手拦住了他。

"等等，克巴多，先不管最终他们之中谁会成为帕尔斯的统治者，总不能放任鲁西达尼亚人继续在这片土地上施行暴虐统治吧。眼下你就不能助我们一臂之力，把他们赶出帕尔斯吗？"

克巴多皱了皱眉，重新坐回地毯上，把已经空空如也的麦酒壶朝山洞角落一扔，陷入了短暂的沉思。他气质豪爽，有时甚至有些粗野，但毕竟年纪轻轻就当上了万骑长，绝非愚蠢之辈。

"沙姆啊，席尔梅斯王子身边有你跟随。那么，另一方的亚尔斯兰王子身边有谁跟随呢？"

"达龙和那尔撒斯。"

"哦？"

克巴多睁大了他唯一的一只眼睛。

"真的？"

"我是听席尔梅斯殿下说的，似乎如此。"

"达龙姑且不论，我原以为那尔撒斯要比我更讨厌宫中仕官，他的心境发生了变化吗？他料定帕尔斯的未来就在亚尔斯兰王子身上？"

"那尔撒斯应该是这样想的吧。"

事实上，沙姆对王太子亚尔斯兰并没有太深的印象。出征亚特罗帕提尼时王太子刚满十四岁，虽然面容端庄，气质相当高贵，但毕竟还只是个青涩的少年。

莫非亚尔斯兰身上有什么激起了诸如达龙和那尔撒斯等人的忠诚心？亚尔斯兰究竟是不是安德拉寇拉斯王的亲生儿子呢？那位少年体内是否流淌着安德拉寇拉斯王所说的"王室浑浊的血液"呢？

克巴多用他的独眼兴致勃勃地注视着陷入沉思的沙姆。

"沙姆啊，你在想什么？"

"你指的是哪方面？"

"你是从心底立誓效忠于席尔梅斯王子的吗？"

"看着不像吗？"

"哈哈……"

克巴多摸了摸剃得干干净净的下巴。明明远离女人独自住在山洞里，又不是在宫中供职，但他依旧保持着这种习惯，这就是他与众不同的地方。

"是啊，沙姆，反正我现在无事可做，不妨助你一臂之力吧。不过，只要觉得不开心，我立马走人。你觉得这样如何？"

IV

三月十日，席尔梅斯所率领的帕尔斯军与圣堂骑士团第一次交战。

萨普鲁城位于距大陆公路半法尔桑（约二点五公里）的岩石山上。这座岩石山四面皆是高耸的断崖，与地面几乎成直角，根本不可能从外侧攀登上去。山里有长长的螺旋形台阶和坡路，自上而下蜿蜒盘旋，一直通向面对平地的出入口，出入口处设有双层厚重的铁门。

因此，倘若城中军队闭门不出，攻城部队也只能将城池包围起来，耐心静待时机了。然而，席尔梅斯从开始就无意打持久战。他准备巧运计策，引诱圣堂骑士团主动出城。

这一天，守在萨普鲁城中的圣堂骑士团将士们远远看到，在平地上摆开阵势的帕尔斯军在阵地前竖起了一面旗帜。这面旗帜黑底色的正中绘有一枚镶银纹章，乃是依亚尔达波特教的神旗。帕尔斯军在目瞪口呆的圣堂骑士团将士们面前点燃了神旗，看着它熊熊燃烧起来。这面旗帜自然并非神旗本身，而是一面与神旗花色相仿的旗帜，但此事给了鲁西达尼亚人很大的刺激。

"可恶，竟敢焚烧神旗，这些该受天谴的异教徒！快把他们撕成碎片！"

一旦狂热信徒们陷入暴怒，就不在乎用兵和战术了。把渎神的异教徒打下地狱！大主教波坦一声令下，将士们迅速穿上铠甲，骑兵们跳上马沿坡一路狂奔，步兵们则顺着台阶冲下城去。他们打开双层铁门，在平地上布下阵来。

当然，席尔梅斯正是等待这一刻。

他将手下士兵分为三队，左翼委派沙姆指挥，中路部队交给查迪，自己则亲自率领右翼部队。独眼的克巴多被分配在左翼。从他和沙姆的关系来看，这是理所当然的。

"马上就轮到你出场了。你暂且先静观其变吧，克巴多。"

"等待上场的时候，我想喝杯麦酒。"

独眼男子如是回答。他身穿借来的铠甲，胯下坐骑同样是借来的，但威风凛凛的英姿显然不同寻常。

四周响起了喇叭声，战斗开始了。

圣堂骑士团将士们举起长枪向前突进。

作为重装骑兵，他们的突击比起机动力更加重视打击力，极具重量感。

帕尔斯军首先派出弓箭队迎战。然而，圣堂骑士团的先头部队连马都穿上了铠甲，并不会因为飞来的箭受到太大伤害。他们一路冲进了帕尔斯军阵地。

杀戮开始了。

巨大的声响笼罩了整个战场，空中满是穿梭的箭矢，地面布满尸体和鲜血。帕尔斯人和鲁西达尼亚人在相互斩击、突刺、搏斗。血腥气弥漫了整个战场。

帕尔斯步兵队招架不住圣堂骑士团的突击，向后十步、二十步地退去，随即仿佛溃败般奔逃而去。圣堂骑士团将士们口中吟诵着依亚尔达波特神的圣名，驱马乘势追击。沙尘漫天飞扬，几乎遮蔽了天空。

正在此时，席尔梅斯亲自率领的右翼部队从侧面杀进了不断突击的圣堂骑士团队列里，仿佛冲进了一道铁流。

一名圣堂骑士惊愕地抬起头来，只见席尔梅斯的银色面具和长枪同时寒光一闪，长枪便完全贯穿了他的身体，圣堂骑士还未出声便气绝身亡。那支夺命的枪尖顺势继续向前，又刺进了另一名骑士的腹部。

席尔梅斯丢枪拔剑，又斩劈了迎面袭来的圣堂骑士的脸颊。骑士从马鞍上翻滚下来，血肉模糊的脸朝下，一头栽进了沙土之中。

"就是现在，克巴多，拜托了！"

沙姆一声大叫，许久都未身披铠甲的独眼骑士默默点了点头。

从帕尔斯军中央突破的鲁西达尼亚骑士们在马蹄掀起的红灰色沙尘中，沿着山丘的斜面冲了上去。跑在最前的两名骑士跃上山丘，大声叫道："荣光归于依亚尔达波特神！"

瞬间，克巴多的大剑在空中呼啸着袭来。

随着一声巨响，鲜血四溅，两名圣堂骑士戴着头盔的首级同时飞离了身体，头颅喷着鲜血滚落在砂土中。鲁西达尼亚人随即发出了惨叫和怒吼。

克巴多一踹马腹，冲进敌阵中，左右挥剑砍杀着鲁西达尼亚人。沉重的大剑以令人难以置信的速度不断闪着寒光，骑在马背上的克巴多像是掌心射出雷光的迪休特略神的化身。

他在战场中杀出一条血路，又掉转马头再次冲入敌阵。每当他手中大剑一挥，便又有一条新的血路被开辟。力大无穷的克巴多击碎了鲁西达尼亚人的盾牌，斩裂了他们的甲胄。洒落的鲜血霎时间便被沙地吸收，化作大地的一部分。

沙姆指挥着帕尔斯军，向惊慌失措的鲁西达尼亚人发起全军突击。

马匹不断发出嘶鸣，金属相互撞击发出尖锐的响声。胜者的怒吼与败者的惨叫此起彼伏，鲁西达尼亚人终于在帕尔斯人的猛烈攻势下落荒而逃。

圣堂骑士团丢下两千余具尸体逃回了萨普鲁城，藏在高耸入云的岩山里面闭门不出。

"看样子他们暂时不会再次出击了。看来是准备和我们打持久战，不过我们也有对策。干得好，克巴多。"

全身铠甲都被敌人鲜血染得殷红的沙姆，对克巴多大加赞赏。克巴多收剑回鞘，正要回答时，席尔梅斯带着查迪骑马来到他身边，锐利的目光从银色面具下直射向克巴多。

"你就是克巴多吗？"

"嗯……"

听到他不甚郑重的回答，查迪怒目圆睁：

"真是不懂礼节！这位大人可是帕尔斯的正统国王席尔梅斯殿下！"

"既然是国王，称呼就不应该是殿下，应该是陛下才对吧？"

克巴多一番讥诮让查迪闭上了嘴巴。他又打量着席尔梅斯的银色面具，右眼中浮起了猜疑的神色。

"席尔梅斯殿下，倘若你真的是国王殿下，为何要如此忌惮他人目光，隐藏起真正的面貌呢？"

这个问题极其无礼，提问者似乎也意识到了这一点。他仿佛看到了银色面具上正在燃起熊熊怒火，便咧嘴一笑。

"我这张脸上只有一只眼睛，但我仍然没有隐藏自己的容貌。殿下将脸孔露出来又有何妨呢？当贤君明主的资格并不在于容貌啊！"

"克巴多……"

沙姆低声叫道。他意识到克巴多是在故意挑衅。他过去就是这样，只要看不顺眼，就算对方是国王，他也照样不理不睬。他招致安德拉寇拉斯王的不悦也不止一两次了，但每次被革职后不久，他就会立下战功，再度回到宫中任职。

"你作为沙姆的朋友，实在是不懂礼节。你是想惹怒国王吗？"

克巴多刻意地大声叹了一口气，望向老朋友，口齿清晰地说道：

"沙姆啊，对不住你，看样子我和这位是合不来了。全拜亚特罗帕提尼败战所赐，我才难得恢复了自由之身，就让我再逍遥一段时间吧。就此别过了。"

"克巴多，不要冲动！"

席尔梅斯的怒吼盖过了沙姆的叫声。

"别管他，沙姆。原本对国王非礼之罪是要处以车裂之刑的。但看在沙姆的面上，这次就饶他一命。别让我再看到那张令人不快的脸了。"

"感谢您的宽宏大量，席尔梅斯殿下。其实我也一点不想与帕尔斯同胞骨肉相残啊。"

说罢，克巴多跳下马背，脱下铠甲，旁若无人地将头盔和铠甲一一丢在地上，压低声音询问来到他身边的沙姆。

"接下来你准备怎么办？继续留在席尔梅斯的营中吗？"

"亚尔斯兰殿下身边已有达龙和那尔撒斯。若连我都不跟在席尔梅斯殿下身边，未免有些不公平了吧。虽然我的绵薄之力实在不足挂齿……"

克巴多换上便服，仅让大剑挂在腰间，再次翻身上马。

"你也不容易啊。姑且不提殿下，我一定会为你祈祷武运顺利的。虽然像我这种心不诚的人，祷告或许会起反效果也难说。"

克巴多笑了笑，在马上对席尔梅斯点了点头，随即掉转马头。他明白，此地不宜久留。

走了一法尔桑（约五公里）的路程，克巴多才回头相望，发现身后没有追兵。或许是被沙姆拦下了吧。

"我是不是太冲动了。仔细想来，也没有人保证我一定能和亚尔斯兰王子合得来啊。"

克巴多拿出灌满麦酒的皮制水壶放在嘴边，迎风咧嘴一笑。

"算了，如果那边也待得不爽的话，不过也就是再出走一次而已。人生苦短，没有比跟在看不顺眼的主君身边浪费时间更无聊的了。"

高大魁梧的独眼男子手拿盛满麦酒的皮水壶，骑在马上大声唱起歌来。嘹亮的歌声和马蹄的响声在无人的荒野上朝着东方缓缓移动。

V

帕尔斯东部一带在三月二十八日深夜发生了暌违二十年的大地震。

地震越过卡威利河的水面，一直波及到了辛德拉国的西部地区。多处悬崖崩塌、地面出现裂缝，贫苦人家的房子纷纷倒塌。

培沙华尔城也随之摇晃了起来。毕竟是盖在地面上的建筑物，这也是没有办法的事情。

震动非常剧烈，亚尔斯兰从床上跳了起来，马厩里受惊的马儿横冲直撞，踹断了士兵的肋骨。有数座烛台倾倒，差点诱发了火灾，但好在都被及时扑灭。城墙和城堡并没有遭到太大的损害。

有一个人受了重伤，此外有几个人被架子上掉落的瓶子砸到头或是碰巧喝醉酒脚步不稳从台阶上滚落等原因受了轻伤。城中的损失情况仅此而已，但外出侦察的骑兵们带回一个令人在意的报告。

"迪马邦特山一带受灾极其严重，整个山体都变了形。我们试图走近迪马邦特山，但是崩落的岩石和坍塌的山崖挡住了道路，外加狂风暴雨不停，完全无法继续走近。"

"迪马邦特山？是吗……"

亚尔斯兰心中油然生出一股难以言喻的不安。

据传，迪马邦特山乃是三百年前英雄王凯·霍斯洛封印蛇王撒哈克之地。此前一行人前往培沙华尔城途中，远眺着迪马邦特山的亚尔斯兰也曾感到一股难以名状的妖气扑面袭来。忆起此事，亚尔斯兰心中再也难以保持平静了。

"殿下，我们原本也是要向西进军。倘若您十分介怀，那我们可以在路上仔细调查此事。"

亚尔斯兰点点头。

他无从得知的是，正在同一时刻，在远离培沙华尔的王都叶克巴达那，一名全身深灰色装束的男子正欣喜不已地对弟子们说道：

"倘若亚尔斯兰那黄口小儿能像鼹鼠一样躲在培沙华尔城里闭门不出，说不定还能活得久一点。蛇王撒哈克大人的重生似乎比我预料的还要快，别疏忽了迎接的准备……"

然而，亚尔斯兰就算听到了这些话，他也绝不会就此作罢的。

现在，他的身边有达龙、那尔撒斯、奇夫、法兰吉丝、奇斯瓦特、耶拉姆、亚尔佛莉德、加斯旺德，以及二十名千骑长。他将在他们的支持与协助下，为光复祖国、解救百姓而战。

帕尔斯历三二一年三月底。

身在培沙华尔城的王太子亚尔斯兰，颁布了两项在历史上具有重要意义的公告。这两项公告均由戴拉姆前领主那尔撒斯起草。

第一项公告是《追击鲁西达尼亚人令》，作为檄文被散发到帕尔斯全国各地，号召全体帕尔斯人集结在王太子亚尔斯兰的麾下，齐心协力赶走侵略祖国的鲁西达尼亚人。

另一项公告则是《废除奴隶制度令》。其中明文宣告，亚尔斯兰即位为国王后将释放帕尔斯国内全部奴隶，并禁止人口买卖。

总而言之，亚尔斯兰通过这两项公告，向公众明确宣告了自己在政治、军事以及历史上的立场。他要成为帕尔斯历史上自英雄王凯·霍斯洛建国以来，第一位从异国的侵略者手中夺回国土、将百姓从本国旧制度之中解救出来的当政者。

亚尔斯兰只有十四岁零六个月。如今，尚有他所知悉的数个谜题、以及他尚未知悉的数十个谜题横亘在他面前。待到他解开这些谜题之时，"解放者亚尔斯兰"之名一定会为后世长久称颂。

(帕尔斯王室家系图)

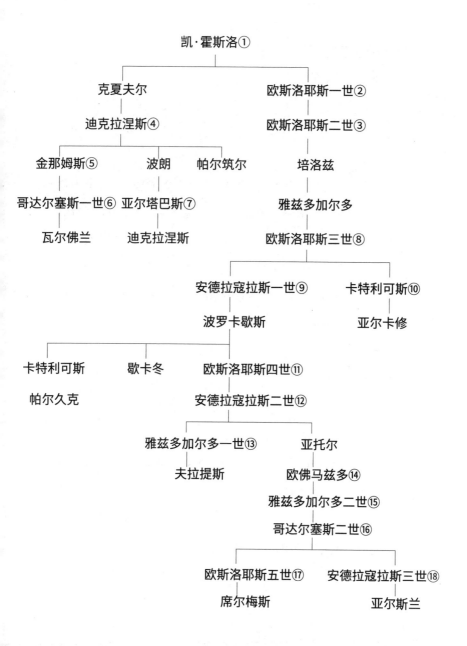

有趣故事中的零件

森福都（小说家）

平成八年一月二十日，第三十二版发行。查阅了一下我所拥有的九本旧版《亚尔斯兰战记》的版权页，原来都是最新发行的版本。回想起来我应该是在这一年中某个神清气爽、适合读书的日子里买回了第一部《王都烈焰》。当时我已经读过了《银河英雄传说》，一定还对作者其他的作品抱着深深的期待，但是那段时间的记忆已经有些模糊不清了。

清晰记得的只有一件事，就是从买回第一部的那天起我每天都会去书店。

第一天读完第一部之后，第二天就买了第二、第三部一口气看完。第三天开店的瞬间，我就冲进书店买下第四、第五、第六部，匆匆忙忙回到家中，废寝忘食地看完。再接下来的一天，第七、第八、第九部亦是如此。

归根结底，还是因为这个故事实在太引人入胜了，我按捺不住好奇心迫不及待地想知道未来是怎样的命运等待着主人公和他的同伴们。一口气读完九部，我心中充满了依依不舍的情感。事实上，第三天我没有把剩下六卷一次性全部买走，也是为了在怎么也慢不下来的阅读过程中插入"出门买书"的时间，好让这段开心的时光晚一点结束。

阅读的喜悦原本就应该是这样的。

泡在图书馆，抱着《三个火枪手》《红花侠》《艾凡赫》《南总里见八犬传》看得入迷的小学年代——而这部《亚尔斯兰战记》唤醒了我久违的那个年代才有的激动。

话虽说如此，小孩子那种彻底沉浸在故事的世界之中，随着剧情时而紧张时而兴奋的阅读方式，和一本正经地试图开始创作小说的大人的阅读方式，自然大相径庭。

这个故事为什么如此有趣呢？

让故事变得有趣的"零件"究竟有哪些呢？

如何将这些"零件"组装起来，制造出那种眼花缭乱、紧张兴奋的发生器——有趣的故事来呢？

当年在去书店的路上一直盘旋在我脑海里的谜题，如今过了十几年依然在我的脑海中盘旋。

我知道"零件"中包含着各种角色，但这和工业制品不同，故事的世界中没有任何雷同的零件存在。譬如：

彻底摒弃了典型勇者形象的王太子一行人。

虽然本书的故事发生在架空背景之中，但它毕竟是一部英雄传说，一部以复兴祖国为题材的壮丽史诗，书中没有任何一位勇敢高尚、有英雄形象的王族或骑士。主人公亚尔斯兰虽然率真温柔，但他还非常青涩又不可靠。达龙是书中唯一一位拥有正统派英雄气质和外貌的人物，但得知他和那尔撒斯是挚友的瞬间这个英雄就逊色了。

让人忍不住想偏袒的、充满魅力的反派们。

不必赘言，那个全身都表现出积极思考的拉杰特拉怎么也让人讨厌不起来，但我最喜欢的还是鲁西达尼亚王弟吉斯卡尔。此人才能过人，却是个操心劳碌命，他那种大显神通的样子，每次都看得我满心钦佩又忍不住潸然泪下。

当然还忘不了席尔梅斯殿下。在这一部书里，他还是个被仇恨蒙住双眼、歇斯底里且阴暗的反面英雄，可是继续往下看，就会发现他在逐渐成长为一名充满独特味道的反派英雄，让人充满期待。

强大而神秘、令人毛骨悚然的邪恶劲敌。

田中芳树先生性格温和，令人很难想到，先生不仅非常擅长描写撒哈克和其部下魔道士的那种邪恶化身，而且写得还颇为开心。这些究竟是他出自现实中与极不讲理的恶意结晶对峙过而有的经验，还是知识与想象的产物，我们不得而知。不过开开心心地把角色描写得活灵活现的田中先生本人的形象，已和先生笔下那些难缠的角色似乎重叠在一起了。

不过，并不是只要拼命罗列大量神奇的登场人物，就能让故事变得有趣。其实最重要的还是角色之间的相互作用。亚尔斯兰和那尔撒斯，那尔撒斯和达龙，席尔梅斯和安德拉寇拉斯三世，吉斯卡尔和王兄伊诺肯迪斯七世，吉斯卡尔和波坦，亚尔斯兰和拉杰特拉……细细数来太多了，他们之间错综复杂的关系和相互作用，才是故事强而有力的推动力。

这么说或许有些简单粗暴，但是相互产生作用的登场人物越多，故事就会变得越厚重、越有趣。这是由于角色之间的相互作用带来了更多的选择，而作者可以在其中挑选最理想的一种展开。田中先生笔下的长篇小说中都有大量人物登场，本书几乎毫无例外。

顺带一提，那尔撒斯曾在本书中说过这样一句话：

"纠结向左还是向右，不是那尔撒斯的行事风格。我一贯的做法是如果向左就这样走，向右就那样走，针对每一种情况一直设想到结局为止。"

在《亚尔斯兰战记》这部作品中，或许还存在着大量像多次元宇宙一样从未问世的剧情。而现在出现在大家面前的，是经历过严格筛选后的"决定版"。倘若如此，《亚尔斯兰战记》的引人入胜是理所当然的。

写到这里，我原本已经准备放下笔了，却突然产生了一些无论如何都想写下去的念头。

找看了《银河英雄传说》。

众所周知，它是田中先生的杰作宝冢歌剧的改编版。

这部舞台剧，是部完美地再现了以宇宙为背景的鸿篇巨著，剧中的莱因哈特美丽而凛然，吉尔菲艾斯和杨也完全表现了原作的气质。

既然《银河英雄传说》可以的话，《亚尔斯兰战记》是不是也能在宝冢上演呢？

梦不禁越做越大了，这怎么能怪我呢？

问题是，剧中究竟谁是主角。

依照宝冢的惯例，身为少年的亚尔斯兰不太合适。那么就来看看那尔撒斯和达龙——倘若那尔撒斯是主角，那么相应的女主角就该是亚尔佛莉德，但她在戏份上略显不足。至于达龙，他连发展恋情的对象都没有，这一点显然是个致命问题。

虽然似乎有些挑战，但在这里，我想推举我深爱的奇夫为主角。

作为一名在推进剧情发展上至关重要的角色，奇夫一直注视着亚尔斯兰的成长和部下们的奋斗，与此同时，他本人也充满了各种看点，足以担起主角的重任。我非常希望看到这个聪明绝顶又俏皮捣蛋的家伙领衔主角。

然后，女主角当然就是法兰吉丝。她是田中先生这个系列书中我最爱的女性。

我相信，若由这二人担纲领衔，以唇枪舌剑相互嘲讽取代耳鬓厮磨、甜言蜜语，以张弓搭箭纵横沙场取代卿卿我我的恋爱场景，一定会成为宝冢历史上最为崭新而华丽的一对情侣。

对《亚尔斯兰战记》的角色安排，不知各位意下如何？